KB233521

나도
작가다

나도 작가다

남이영 지음

WISE BOOK
와이즈북

일러두기
이 책은 저자가 9권의 책을 내며 경험한 출판 전반에 관한 이야기를 담은 것으로,
출판계와 출판 과정을 바라보는 시각차가 있을 수 있다.

별건가, 써보자 내 책!

당신은 스토리텔러, 이대로만 하면 나도 작가다!

많은 사람이 글을 쓴다.

이중에는 책을 내서 작가로 이름을 남기는 사람도 있지만, 책을 내고 싶어도 방법을 몰라 애태우는 이도 있다. 여기저기 알아보다가 포기하거나 할 수 없이 자비 출판을 한다. 자비로 책을 내면 개인의 행사에 그칠 뿐이라 작가 자신도 어딘지 미흡하다는 생각을 지울 수 없을 것이다.

나 역시 책을 내보려고 숱하게 출판사 문을 두드리며 시행착오를 겪었다. 책 내는 방법을 제대로 알려주는 책이 있다면 얼마나 좋을까. 책 한 권을 내기 위해 2천 통이 넘는 이메일을 출판사에 보낸 이야기를 들으면 누구든 입이 벌어질 거다. 그 많은 이메일을 수집하느라고 생했다.

그러다가 드디어 무모하기 짝이 없는 수고를 대폭 줄일 수 있는 방법을 찾았다. 그동안 실패한 여러 이유를 알고 나니까 전에 비해 시간과 노력이 훨씬 줄어들었다. 이 과정에서 얻은 정보와 경험을 사람들과 공유하고자 한 것이 이 책을 쓰게 된 동기다. 모쪼록 이 한 권으로 지름길을 찾아가길 바란다.

가슴속에 숨은 이야기를 꺼내라

누구나 이야기 하나쯤은 갖고 있다. 그 이야기를 가장 잘 쓸 수 있는 사람은 바로 자기 자신이다. 쓰고자 하는 열정, 그리고 내면과 마주하는 진정성 있는 자기 목소리만 있다면 좋은 글이다. 버지니아 울프는 이야기를 쓰는 데는 오직 '자기만의 방'이 필요하다고 했다. 글쓰기 기술은 그다음 문제다. 남의 이야기, 남의 생각을 베끼지 말고, 남의 판단에 구속되지도 말고 자신만이 할 수 있는 이야기, 자신만의 독창적인 아이디어를 끄집어내라. 요즘 진정성이라는 말처럼 진정성 없는 말도 없다. '진정성'을 아무 데나 갖다 붙이는 이들이 많아서 그렇다. 우리는 살아가면서 온갖 경험을 한다. 삶의 경험을 자기 내면이라는 거울로 비춰보고 내면에서 솟아오르는 진정성 있는 이야기를 책에 담아보라.

정말 중요한 건 빠뜨린다

천신만고 끝에 계약해도 책으로 나오지 못한 경우도 여러 번 있었다. 계약했다고 모두 책으로 나오는 건 아니다. 이럴 때는 어떻게 해야 하는지 아무도 알려주지 않는다. 누구한테 물어볼 수도 없어서 애만 태운다. 그래서 내가 겪으면서 얻은 생생하고 구체적인 방법을 알려야겠다는 생각이 들었다.

몇 년 전부터 책 내는 방법을 알려주는 책이 나와 그나마 반갑다. 이런 책들이 공통적으로 강조하는 말이 있다. 글을 잘 쓰기 위해서는 많이 읽고, 많이 쓰고, 많이 생각하라고 한다. 맞는 말이다. 그렇다면 이렇게 해오지 못한 사람은 책을 낼 수 없을까? 아니다! 이 책은 글을 써온 사람이나 그렇지 못한 사람이나 모두 마음만 먹으면 책을 낼 수 있는 비법을 안내했다.

기존 책들은 책을 쓰라는 동기 유발과 글 쓰는 방법이 주된 내용이다. 정작 필요한 출판사를 만나는 방법에 대해서는 구체적인 안내가 없거나 있어도 매우 미흡하다. 정말 중요한 건 빠져 있다. 출판사를 만나기라도 해야 유익하게 대처할 텐데 만나지도 못할, 만날 수도 없는 출판사와 계약 시 주의할 점은 아무리 자세하게 안내해도 공허할 뿐이다. 마치 주소를 모르는, 나를 버리고 떠난 연인에게 편지를 쓰는 것처럼 애달프다.

출판사를 만나는 방법을 안내한 책도 더러 있는데 책에서 판권을 보고 이메일을 알아내 원고를 보내라거나 출판사 홈페이지에 있는 출간 문의에 투고하라는 조언뿐이라면 막연하다. 이런 안내는 생각보다 시간이 너무 많이 걸려서 쉽게 지친다.

출판사 홈페이지를 검색해 찾는 것도 만만찮다. 검색하려면 우선 출판사 상호를 알아야 하는데 막상 알아내 찾아보면 홈페이지가 없

별건가, 써보자 내 책!

는 출판사도 상당하다. 어렵게 홈페이지를 찾았어도 어디에 출간 문의를 해야 하는지, 이메일은 어떻게 알아내는지 구체적으로 알려주는 책은 없다.

예비 저자들이 궁금해하는 모든 것

예비 저자들이 진짜 궁금하고 어려운 점은 무엇일까. 이 책은 여기서부터 시작한다. 그동안 책을 여러 권 냈지만 책을 낼 때마다 힘들었다. 먼저 나온 책으로 공부해서 주제를 아무리 잘 잡고, 글쓰기를 잘해도 출판사를 만날 수 없다면 공염불에 불과하다. 자신의 책을 낼 수 없다면 배고픈데 음악을 들으라는 주문과 다름없다.

예비 저자들은 출판사 문을 두드리는 방법과 출간기획서에서 막힌다. 출간기획서도 한눈에 알아볼 수 있도록, 또 매력적으로 쓰라고 하는데 매우 추상적이다. 이런 안내로는 쓸 수 없다. 구체적으로 알려주는 책이 없어서 몹시 아쉽다. 원고 작업보다 출간기획서를 작성하기가 더 힘들 정도다.

기획서나 논문 쓰는 법, 글쓰기 책들을 섭렵해도 정작 출간기획서를 쓰려면 어떻게, 무엇부터 써야 할지 막막하기만 하다. 오랫동안 글을 써왔음에도 출간기획서를 작성하는 데 상당히 어려움을 겪었다.

또 홈페이지에 있는 출간 문의를 찾아 투고하려면 출판사마다 방식이 다르다. 출간기획서 양식이 따로 있는 경우도 있는데 여기에 답하기가 쉽지 않다. 책쓰기 관련서에는 이런 내용이 빠졌거나 자세하게 소개하지 않아서 도움을 받을 수 없다.

지은이 소개도 마찬가지다. 아무리 공부해도 자신을 직접 소개하려면 애먹는다. 누가 대신 써주면 좋겠다는 마음만 든다. 다른 사람이 쓴 책을 참고하려고 시간을 많이 보낸다. 책쓰기 책을 쓴 저자의 지은이 소개를 모두 소개해주면 공부하는 데 도움이 될 텐데, 하는 생각으로 그동안 나온 책을 일일이 모아서 비교하며 공부하느라 애쓴다.

여러 해 동안 출간기획서와 지은이 소개로 골치를 앓았다. 이제야 비교적 쉽게 작성하는 나만의 방법을 터득했다.

계약할 때도 어떤 일이 벌어지는지 예비 저자들은 궁금하다. 그런데 몇 가지만 주의해서 될까. 절대 아니다. 계약서를 읽고 이해하는 것부터 낯설고 서툴기만 하다. 저작권이 무엇인지, 편집권은 뭔지 모르는 예비 저자들은 계약서에 도장을 찍기까지 어려움을 겪는다는 걸 경험자들은 잘 모르는 것 같다.

출판사에서 요구하는 출간기획서 쓰기

원고가 있거나 좋은 기획이 있어서 출판사에 문의하려면 출간기획서 양식에 답해야 한다. 이때 출판사에서는 기획 의도뿐만 아니라 독자 타깃, 판매와 홍보, 마케팅 계획도 요구한다. 이외에도 상당히 전문적인 내용과 답하기 곤란한 질문도 있다. 이럴 때는 당황해서 포기하고 싶은 마음이 생긴다. 아득하기도 하고, 이런 일을 저자가 왜 해야 하는지 이해하지 못하기 때문이다.

나도 처음에는 왜? 하는 의문이 들었다. 이런 것까지 저자가 해야 한다면 대체 출판사에서 하는 일은 무엇인가, 하는 생각만 커졌다. 하

별건가, 써보자 내 책!

나씩 이해하며 의문을 해소해도 마케팅 관련 질문까지 응하려면 골머리를 싸맨다. 지금은 이해할 뿐만 아니라 나름대로 소견도 생겼다. 이 책에서는 독자 타깃 설정 방법이나 홍보 아이디어, 마케팅 제안 방법도 소개했다.

제대로 보내는 방법은 따로 있다

좀 더 접근하기 쉬운 방법이 있다면 책을 내고자 하는 사람들에게 좋은 안내서가 될 텐데 아쉽다. 그래서 이 책은 출판사 이메일이나 홈페이지를 쉽게 찾는 방법을 알려줄 뿐만 아니라 자신의 원고를 어느 출판사에 문의해야 좋을지 알아내고 검토해서 '제대로' 보내는 방법도 담았다. 처음 책을 내는 이들에게는 무엇보다 알뜰한 정보가 될 것이다.

출판 계약을 할 때는 어떻게 하나

출판사와 계약해본 경험이 전혀 없는 사람들은 출판사에 대해 궁금해한다. 어떤 사람들이 일하는지, 분위기는 어떤지, 미팅할 때는 어떤지도 알고 싶어 한다. 그런데 기존에 나와 있는 책은 이런 내용이 없다. 몇 가지만 유의하고 출판사를 만나면 무난하게 계약할 수 있는 것처럼 서술해놓았는데 경험이 없는 사람들은 이런 몇 가지만 조심해서는 생각지도 못한 일을 겪어 실패하기 십상이다.

그래서 오랫동안 출판사와 미팅을 하며 실제로 겪은 여러 경험들을 그대로 소개했다. 출판 계약은 일반적인 계약과 마찬가지로 어처구

니없는 실수를 하기도 하고, 뜻하지 않은 난관에 부닥쳐 좌절하기 일쑤다. 계약만 하면 끝인 줄 아는 사람들에게 도움이 되었으면 하는 바람이다.

이 책만 따라 하면 나도 작가다

기존의 책쓰기 책들은 경험이 없는 사람들이 그대로 따라 하기에는 상당히 버겁다. 대부분 추상적으로 안내하고 있을 뿐만 아니라 글쓰기에 거창한 의미 부여를 하고 있기 때문이다. 당연히 긴장하고 기죽는다. 논문을 여러 편이나 쓴 박사들조차 이런 유의 책으로 공부해서 자신의 책을 출판하려면 매우 어렵겠다는 생각이 든다고 한다.

이 책은 생에 처음 책을 내고자 하는 독자들의 눈높이에 맞춰 기획했다. 뿐만 아니라 자비 출판을 해본 작가들에게도 희소식이 되리라 생각한다. 책을 내려고 애쓰는 모든 분들에게 실제 보탬이 되어 좋은 결실을 얻었으면 하는 바람이다. 책을 내고 싶어도 막막하기만 해서 실망하고 돌아서버린 수많은 사람들에게 큰 도움이 되길 기대한다.

시골, 문화마을에서 남이영

PART 1 당신의 이야기가 탄생하는 순간

기획, 어떻게 할까?

완성
기획서

경험한 길과
경험하지 못한 길

배추 3포기를 10시간쯤 걸려 김치를 담근 적이 있다. 중요하고 결정적인 걸 몰랐기 때문이다. 독립하고 8년 만에 처음 해보는 흥분에 들떠 간단하고도 결정적인 비밀이 있는 줄 미처 생각지 못했다. 어이없는 일이지만 그 당시는 전혀 짐작도 못 해 대체 무슨 일인가 해서 쩔쩔맸다.

그때까지 집과 친구들한테 김치뿐 아니라 밑반찬도 얻어먹고 지냈다. 하루는 앞집에서, 언젠가는 직접 해먹는 날이 올 텐데 그때는 서운하지 않겠느냐는 말에 감화했다. 마침 시간도 있어서 그거 재밌겠다는 생각으로 시작했는데 이게 말처럼 간단치 않아 곤경에 부닥치고 말았다.

앞집에서 알려준 대로 배추를 반으로 갈라 소금을 뿌리고 소쿠리를 덮어놓았다. 2시간쯤 지났는데 배추가 더 싱싱해 보였다. 소금이 적나 싶어 골고루 더 뿌리고 다시 기다리면서 중간에 여러 번 들춰보았다. 숨이 죽기는커녕 파릇파릇한 기운이 올랐다. 소금을 하도 뿌려서 소금밭에 배추가 숨어 있는 것처럼 보일 정도다.

－이제 그만 숨 좀 죽어. 김치 싫어?

혼잣말이 튀어나왔다.

아무리 봐도 모형 배추나 사이보그 배추 같다. 마치 김치가 되기 싫어 뻗대는 것처럼 보이는 게 이상하면서도 신기했다. 소금을 밭으로 잘못 알고 배추가 기운을 내나보다 싶었다. 할 수 없이 앞집에 구원 요청을 했다.

－아이고, 언니! 이게 뭐야?

아주머니가 보자마자 기겁하는 바람에 어리둥절했다.

말인즉슨 물에 한 번 씻었다가 소금을 뿌려야 한다는 거다. 그 중요한 걸 왜 빠뜨렸냐고 하자 돌아온 답이 황당했다.

－알고 있는 줄 알았죠. 당연한 걸 모를 거라고 생각도 안 했죠.

－아니, 처음 담근다는 거 알면서…… 좀 알려주지.

－아이고, 언니! 이건 상식이지요, 상식! 아이고, 이거 어째.

졸지에 상식도 모르는 사람이 돼버렸다.

뭔지 모르게 조금 억울한 심정이 일었다. 아주머니가 소금밭에서 배추를 걷어내 물에 헹궈낸 뒤 소금을 다시 뿌렸다.

－배춧속도 준비 안 했지요?

배춧속은 생각도 못 해 살짝 부끄러웠다.

배추가 숨죽을 동안 무를 채 썰어 양념을 만들어둬야 한단다. 다행히 고춧가루는 집에 있고, 양념으로 들어갈 마늘, 생강, 쪽파, 양파는 사 왔다. 아주머니가 젓갈을 좋아하지 않아도 넣어야 깊은 맛이 난다고 본인 집에서 새우젓을 가져와 버무려두었다. 오후 6시경부터 새로 시작해 어언 8시가 넘어갔다. 2시간쯤 걸려 배추김치를 만들고 늦은 시간에 밥해 먹고 나니까 밤 12시가 되었다.

지금 생각해보면 참 한심한 짓이지만 생짜 초보는 배추를 '물에 한 번 헹군다'는 상식을 모를 수 있다. 어린 시절, 집에서 김장할 때 그 많은 배추를 씻어서 건져놓던 장면이 뒤늦게 떠올랐다. 왜 몰랐지? 하고 아쉬워해봤자 이미 지난 일이다. 지금도 인터넷에 나와 있는 김치 담그는 법을 보면 물에 한 번 헹군 뒤에, 하는 정보는 당연하니까 곧바로 소금에 절여서, 하고 건너뛴 레시피가 간혹 있다.

PC 통신 천리안이 한창일 때 겪은 일화도 우습기만 하다. 채팅방에 들어가기는 어떻게 했는데 나올 수가 없어 애태웠다. 어떻게 나가요? 하고 물었더니 사람들이 하나씩 나가버려 혼자 남았다. 한참 만에 들어온 사람도 역시 알려준다더니 순식간에 나가버리고 말았다. 시간이 지나자 어딘가에 갇힌 기분이 절로 들었다. 컴퓨터를 강제로 꺼버려야 하나 고민했다.

슬래시(/) 다음에 엔터를 치면 된다고 알려주려던 사람들이 저절로 나가버렸다는 건 나중에 알았다. 누군가가 한글로 '슬래시 다음에 엔터 치면 돼요' 하고 알려주었으면 이런 해프닝도 없었겠지. 대화방에 글을 올리려면 단어를 쓰고 엔터를 쳐야 한다. 그런데 방을 나갈

 알고 가자! 준비 단계

때도 '/' 다음에 엔터를 쳐야 하니까 다들 자판의 '/'를 친 후에 이어서 엔터를 쳤으니 알려줄 새도 없이 나가버리고 말았다.

살아가면서 사소하지만 중요한 부분을 놓치거나 몰라서 우왕좌왕하기도 한다. 시간이 지나 자연스럽게 문제점을 터득하기도 하고, 먼저 경험한 사람을 통해 해결책을 얻기도 한다. 간혹 해결하지 못하는 것도 여러 방법을 찾아가며 살아간다.

단 한 번이라도 경험하고 나면 안다는 것과 모른다는 것은 하늘과 땅 차이다. 초짜한테는 매우 중요한 정보인데 능숙한 사람은 상대가 당연히 알고 있으려니 해서 넘기거나 상식으로 치부해버려 빠뜨린다. 출판도 마찬가지다. 책을 내보기 전에는 자신과 너무나 먼 세상처럼 여기다가도 막상 지나고 나면 개구리 올챙이 시절을 잊는다.

책을 내려고 2천 군데 이상 출판사에 이메일을 보내 계약을 성사시킨 적이 있다. 말이 2천이지 정말 중노동이다. 아침부터 다음 날 새벽까지 꼬박 컴퓨터에 매달려 보내느라 손목과 어깨, 눈이 매우 피곤했다. 사진을 포함한 원고라 파일이 커서 시간도 많이 걸리고, 중간에 컴퓨터가 말을 듣지 않을 때는 속을 썩기도 했다.

처음에는 출판사 이메일을 알아내기 위해 서점이나 도서관으로 발걸음을 한다. 이런 방법으로는 공들인 시간에 비해 알아낸 이메일이 얼마 되지 않아 낙담하기 일쑤다. 그래도 별다른 방법이 없어 부지런히 발품을 팔기도 하고, 인터넷 검색을 통해 수집하기도 했다. 이 방법도 시간만 잔뜩 잡아먹었다. 온갖 고생과 시행착오를 거친 끝에 좀 더 쉽게 알아내는 방법을 찾았다.

이메일을 수집한 후에는 출간기획서와 원고를 보내는 데 매달렸다. 중노동이나 다름없는 이메일을 보내며 희망을 품었지만 되돌아오는 이메일도 있고, '발송 실패'와 계속해서 '발송 중'이라고 표시되기도 한다. 그래도 어찌해볼 도리가 없었다. 어떤 출판사는 아무리 시간이 지나도 열어보지 않는다. 그나마 이메일을 받은 곳도 아무 답이 없거나 거절뿐이다.

시간이 한참 지나고 나서야 알았다. 아울러 '제대로' 보내야 한다는 것도 깨달았다. 전통 한복을 파는 가게에서 신발을 사라고 했으니 거절당하는 건 당연하다. 또 신발도 종류가 다양한데 구두를 들고 등산화를 파는 가게에 가서 무조건 사달라고 하면 누가 사겠는가.

몇 년 전부터 책쓰기 책이 나와 반갑다. 처음에는 책쓰기라는 단어가 무척 낯설면서 거부감이 들었다. 마치 '미술 그리기'나, '음악 부르기', '축구 차기'처럼 잘못 쓴 글자로 눈에 들어오기 때문이다. 정확히 말하면 글쓰기다. 그런데 또 엄밀히 따지면 글쓰기와는 다르다. '책을 출판하기 위한 글쓰기'쯤 될까. 논의가 필요한 부분이지만 일단 나도 책쓰기라고 할 수밖에 없겠다고 생각했다.

어쨌든 이런저런 고생을 통해 제대로 보내는 방법을 찾아내자 시간과 노력이 줄어들었다. 첫 실용서인 『1억으로 수도권에서 내 집 갖기』는 새로 알아낸 방법으로 이메일을 보냈다. 그러자 신기하게도 여러 곳에서 반응이 왔다. 계약서를 들고 집으로 찾아오겠다는 출판사도 있었다.

원고를 쓰기 전에 출간기획서만 보냈는데 정말 놀라웠다. 20여

군데를 보내는 중에 호응이 대단해서 흥분이 일었다. 계약이 끝난 후에도 다른 출판사에서 계약하자는 전화를 받았을 정도다. 진작 이런 책이 있었으면 고생을 줄일 수 있었을 것이다.

작가로 다시 태어나기 위한 마음 준비와 계획 세우기

| 책 쓰는 것과 글 쓰는 것은 다르다

책을 내기 위해 글을 쓰며 이 말을 실감했다. 오랫동안 글을 써온 나조차도 처음 책쓰기를 하며 차이를 완벽하게 이해했다. 그동안 나온 책들은 신문에 연재한 것을 모았거나, 한 꼭지씩 써둔 글을 묶어서 내왔기 때문에 엄밀히 따지면 책쓰기라고 할 수 없다.

책쓰기를 처음으로 한 것은 실용서다. 그야말로 책쓰기 경험을 톡톡히 했다. 그간 경험으로 3교(세 번째 교정을 보는 일)까지 두 달이면 충분하리라 여겼다. 지금까지는 보통 원고 마감 며칠 전에 탈고를 해와서 적어도 일주일 전, 늦어도 사흘 전까지는 책을 마감할 수 있으리라 예상했다.

그런데 마감을 나흘 앞두고 이석증이라는 병이 났다. 3교 중에 몇 꼭지를 남긴 때다. 병원에서 이석증을 설명하기까지 불안에 떨었다. 눈을 뜰 수 없을 정도로 머리가 빙빙 돌고, 헛구역질이 났다. 약속한 마감 날을 간신히 지켰다.

이 경험으로 다음 사항을 제안한다.

| 건강을 챙기라

책쓰기는 정말 마라톤이다. 건강과 규칙적인 습관을 길러야 시간 관리를 제대로 할 수 있다는 걸 크게 깨달았다. 일반적으로 하는 글쓰기가 단기전이라면 책 한 권을 쓰는 책쓰기는 장기전이다. 건강하던 나도 무리한 마라톤으로 결국 병이 나버렸다.

겨우 맨손체조와 산책 정도로는 건강을 챙길 수 없다. 운동을 하지 않는다면 최소한 휴식 시간이라도 있어야 했는데 전혀 그러지 못했다. 시골집을 구하는 방법을 빨리 알려야겠다는 마음에 쉬지 않고 달린 셈이다. 책쓰기에서 첫째로 중요한 것은 건강이다.

| 고독에 익숙해지라

웬말인가 하겠지만 정말 고독에 익숙해져야 한다. 스티븐 킹의 『유혹하는 글쓰기』(106쪽, 김영사 2010년)를 읽다가 한 문장에서 나도 모르게 울컥, 하더니 곧이어 눈물이 쏟아져서 당황한 적이 있다. '경사가 났는데 이 소식을 들어줄 사람이 없어 가슴이 터져버릴 지경이었다'는 문장이다.

창작의 고통을 이해하고 끊임없이 격려해주는 사람이 가까이에

 알고 가자! 준비 단계

있으면 행복할 것이다. 멘토까지는 아니어도 의욕을 북돋워주며 첫 번째 독자로서 성실하게 조언하고 애정 어린 비판을 해주는 사람이 있다면 든든한 지원군을 둔 셈이다. 격려나 지원까지는 아니라도 무언으로 응원한다는 믿음만 있어도 족하리라.

좋은 약은 입에 쓰다고 해도 거친 말을 들으면 기분이 상하고 만다. 아무리 필요하고 훌륭한 충고라도 비난을 잔뜩 늘어놓은 후에 조언이랍시고 한마디 툭 던지면 의욕만 꺾일 뿐이다. 이런 충고 아닌 충고를 번번이 듣는다면 충고인지 비난인지 헷갈린다. 더군다나 네까짓 게, 하며 무시하는 가족이 있다면 방해도 이런 방해가 없다.

중학생 시절 한 후배가 글을 참 잘 썼다. 같은 문학반이고 동네도 같아서 자주 어울렸다. 그런데 후배 엄마가 '네까짓 게 무슨 시를 쓴다고' 하며 후배를 나무라는 소리를 여러 번 들었다. 시 쓴다고 쓸데없이 깝죽대지 말고 동생들이나 잘 보라며 꾸짖을 때마다 민망했다.

이처럼 가족한테 지지하는 말을 듣기는커녕 의욕을 꺾어버리는 말을 들으면 글을 쓰는 데 상당히 어려움을 겪는다. 사기 저하에다 심심찮게 방해를 받으면 집중해서 쓸 수 없다. 박수를 받는다고 해도 책 쓰기는 고독한 길이다. 이 고독을 어떻게 다스릴지 미리 염두에 두어야 한다.

나는 산책, 독서, 음악과 영화 감상, 드라이브, 시장 구경, 도서관, 일기 쓰기, 마당 풀 뽑기를 하며 마음을 다스려왔다. 글이 막혔을 때도 이런 습관은 유용하다.

작업에 필요한 투자는 하라

컴퓨터를 새로 장만하든가 최소한 포맷이라도 하고 시작하라. 글을 쓰다 보면 자료를 찾느라 검색을 하기도 하고 사전을 찾아볼 때도 있는데 너무 느리거나 예기치 못하게 컴퓨터가 다운된다면 피곤하다. 무엇보다 이메일을 보낼 때 시간이 많이 걸려 가뜩이나 노동하는 중에 쉬이 피로해진다. 여의치 않으면 도서관 컴퓨터실을 이용할 수도 있다. 시간 제약이 있지만 직원과 친해두면 사람이 많지 않을 때 약간의 특혜를 누릴 수 있다.

대용량 USB도 준비한다. 하루 원고 작업을 마친 후에 USB에 따로 저장해두면 갑자기 컴퓨터가 고장 나도 안심할 수 있다. 이메일을 활용하는 방법도 있다. 자기 이메일 주소로 원고를 보내 저장해둔다. 클라우드 서비스를 이용해 백업해둬도 좋다. 이렇게 하면 만일의 사고에 대비할 수 있다.

작업할 장소를 정해두라

집중해야 하기 때문에 방해받지 않고 몰두할 수 있는 장소를 확보해두어야 한다. 쌓인 집안일이 보이면 아무래도 집중할 수 없다. 집안일을 하다 보면 시간을 빼앗긴다. 글 쓸 때만이라도 눈에 보이지 않으면 집중하는 시간을 오롯이 원고 작업에 매달릴 수 있다.

사람에 따라 밖이 보이는 장소를 좋아할 수도 있고, 사방이 막힌 곳을 좋아할 수도 있다. 그곳이 어디든 집중할 수 있는 장소를 정해두라. 음악을 들으면서 쓸 수도 있다. 나는 20대부터 KBS 1FM을 들어

 알고 가자! 준비 단계

놓고 책도 읽고 글도 써왔다. 최근에는 '화이트 노이즈'라고 해서 카페의 소음 속에서 공부하는 사람들이 늘어난다고 한다. 아늑한 분위기와 음악, 적당한 소음이 집중에 도움이 되는 모양이다. 어떤 분위기든 자신이 좋아하는 공간을 정해두는 것이 중요하다.

마감일을 정하라

마감일을 정해두지 않으면 자꾸 미루게 된다. 미루다 보면 결국 글쓰기가 버겁고 귀찮아진다. 나는 준비하는 기분으로 일기나 독후감을 쓴다. 다른 사람의 글이나 시를 베껴 쓰며 문장 연습도 하고, 일정을 정리하고 계획을 쓰기도 한다.

일기는 중학교 1학년부터 45년 가까이 해온 오랜 습관이다. 어느 때부터인지 일기라기보다 일지나 다름없는 하루를 기록하고 있다. 나이를 먹으면서 생활을 어제와 똑같이 보내서 그럴 거다. 아니면 감성이 조금씩 굳어져서 그런지도 모르겠다. 서글프지만 그래도 뭔가 쓴다는 습관은 필요하다.

무엇보다 중요한 것은 조금이라도 매일 꾸준히 원고 작업을 해야 한다. 뜨개질이나 설거지를 하는 것처럼 다른 일을 하다가 이어서 할 수 없기 때문에 습관을 들여놓지 않으면 힘들어진다.

자료 준비를 끝내고 쓰기에만 집중하면 한 권 쓰는 데 2~4개월 정도 걸린다. 내 경우도 2~3개월 정도 걸렸다. 하지만 사람마다 다르기 때문에 딱 정해서 말할 수는 없다. 어떤 원고는 몇 년씩 만지작거리다가 완성하는 경우도 있다.

아무리 초보라도 6개월 정도 잡으면 적당하다고 본다. 이 기간이면 일주일에 2꼭지를 작업한다고 했을 때 25주 후에는 50꼭지를 완성할 수 있고, 3꼭지씩 작업하면 17주 후엔 51꼭지를 마감할 수 있다. 자신의 처지에 맞춰 마감일을 정해두고 작업해야 완성할 수 있다.

단축키를 활용하라

일일이 마우스를 쓰지 않고 간편하게 작업할 수 있다. 장기간 마우스로 또각또각 하다 보면 손목이나 팔꿈치에 통증이 생긴다. 미리 손목보호대나 팔목보호대를 준비해두고 필요할 때 쓰도록 한다. 단축키로 작업하면 어느 정도 통증을 예방할 수 있다.

자동저장 외에 Alt+S를 사용해 파일을 저장하는 습관을 들여라. 애써 작업했는데 다 날려버린 경험이 다들 있을 것이다. 한글문서(hwp)는 Alt+S, 텍스트문서는 Ctrl+S로 저장한다. 전체 복사는 Ctrl+A, 원치 않는 박스가 나왔을 때도 자판 왼쪽 상단에 있는 Esc를 사용한다. Ctrl+F10은 문자표 입력 시에 편리하다. 되돌릴 필요가 있을 때는 Ctrl+Z를 쓴다.

이외에도 자주 사용하는 단축키를 알아두면 편리하다. Ctrl+C는 복사하기, Ctrl+V는 붙이기다. F8은 맞춤법 검사, F10의 〈문서정보〉는 원고 분량을 알아볼 때 사용한다. 지금 컴퓨터 앞에 있다면 F10 자판을 눌러보라. 평소 사용하는 다양한 기능이 있는 걸 알 수 있다. 이 밖에도 필요한 단축키를 습관 들이면 여러모로 편리하다.

출판사 홈페이지와 이메일을 수집하라

책을 읽을 때마다 홈페이지와 이메일을 수집해두라. 출판사를 분야별로 정리해두면 나중에 유용하게 쓸 수 있다. 나는 출판사 이메일이 필요하다는 생각이 든 후부터 책을 읽고 나면 판권에 있는 홈페이지와 이메일을 수집해왔다. 한 달에 보통 10권 내외로 읽으니까 1년이면 120개 정도 수집하는 셈이다.

단순히 머리를 식힐 요량으로 읽은 추리소설이나 에세이 책에서 얻은 이메일은 그 출판사가 종합 출판을 하지 않는 곳이면 자신의 원고와 분야가 맞지 않을 수도 있다. 큰 출판사는 분야마다 원고를 담당하는 직원이 따로 있으므로 출판사 홈페이지에 들어가 살펴야 한다.

메모하는 습관을 길러라

마지막으로 언제 어디서나 아이디어가 떠오르면 메모하는 습관을 길러라. 책을 내보겠다는 생각이 아니더라도 일상생활에서 메모하는 습관은 필요하다. 요즘은 스마트폰에 저장 기능이 다양해 여러모로 편리한 세상이다. 음성 녹음 기능이나 에버노트, 유패드 같은 스마트 어플을 이용하면 편리하다.

시간이 날 때마다 자신에게 필요한 책을 찾아 정보를 구해두면 나중에 여유 있게 원고 작업을 할 수 있다. 뭐든 메모하는 습관을 들이는 게 중요하다. 메모를 한 뒤에는 정리를 해둬야 한다. 책에 대한 아이디어는 출판이라는 폴더에, 내용에 대한 아이디어나 구상은 출판 폴더 안에 파일로 만들어둔다.

파일을 열어 연월일을 적고 내용을 자세히 적어둔다. 당시에는 요약한 단어만 써둬도 무슨 내용인지 충분한데 시간이 흐르면 자신이 써놓고도 뭔 말이지? 할 수도 있다. 이제는 누가 봐도 무슨 내용인지 알 정도로 자세히 적는다. 멋진 글귀가 떠오를 때도 마찬가지다.

* 알아두자! 책 만드는 과정

저자가 하는 일

원고 기획 → 원고 구성안 작성 → 글쓰기 → 교정 교열 →
출간기획서와 지은이 소개 쓰기 → 도서 분야 확인 →
출간 의뢰할 출판사 목록 작성 → 이메일 수집 → 이메일 보내기 →
출판사 미팅 → 계약 → 원고 송고 → 출판사 편집 원고 교정 →
제목 · 표지디자인 시안 의견 나눔 → 증정본 받음
☞ 출간 기획서를 먼저 완성하는 경우도 있다.

출판사가 하는 일

원고 검토 → 저자 미팅 → 계약 → 저자 원고 수령 →
편집 기획 · 방향 설정 → 1차 교정 교열 → 판형, 레이아웃 확정 →
2 · 3차 교정 교열(저자 확인) → 책 제목 결정 → 표지 디자인 확정 →
인쇄, 제본 → 홍보 매체와 서점에 책 소개 자료 전달
☞ 인터넷 서점에 보낼 책 소개와 보도자료를 만든다.

1

기획,
어떻게 할까
?

당신의 이야기가 탄생하는 순간

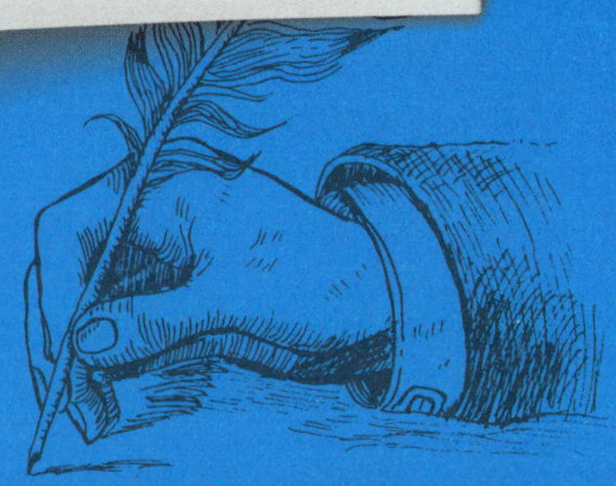

사람마다 겪은 인생이 있다

- 내 이야기를 책으로 내면 몇 권은 될 거다.

- 내가 살아온 이야기는 대하드라마가 되고도 남지.

어머니들이 많이 하시는 말씀이다.

그런데 어머니들의 이야기가 책으로 나온 경우는 보지 못했다. 자녀 키우기와 자식 공부에 대한 책은 많이 나왔다. 하지만 어머니 자신이 겪은 진짜 이야기가 책으로 나왔는지 모르겠다. 수많은 어머니들이 대하드라마가 될 것이라는, 속마음을 담은 책이 나왔으면 세상이 달라졌을 거라고 확신한다. 아쉽게도 '책으로 나오면 몇 권이나 될 거'라는 어머니들이 입을 다물고 세상을 떠나신다.

어찌 보면 어머니들의 '진짜 이야기'는 세상에 나오지 않았다고 볼 수 있다. 음식 만들기도 딸이나 며느리한테 가르쳐서 한집안이 공유하거나 자식한테 대물림한 음식점이 몇 대를 이어가는 경우는 있다. 의식주 이야기만으로는 어머니들의 인생 이야기를 다 들었다고 할 수 없다.

시중에 자서전이 나왔어도 단편적이거나 어느 방면에서 성공한 이야기뿐이다. 여자이기 때문에 겪은 고단했던 길을 딸과 며느리들에게 전하는 이야기는 아직 세상에 나오지 못했다. 그래서 많은 여성들이 가시밭길을 걸어가고 있다. 박경리의 『토지』나, 하시다 스가코의 『오싱』처럼 주도적으로 여자의 일생을 그린 책이 더 많이 다양하게 나오면 좋겠다. 소설 형식이어도 좋고 자서전도 좋겠다.

꼭 성공해야만 책을 낼 수 있을까. 오히려 실패한 이야기가 교훈을 줄 수 있다고 생각한다. 나는 이렇게 실패했다, 그러니 너는 이런 실수를 피해서 과오를 저지르지 말라고 인도하는 책이 더 필요하지 않을까. 객관적인 판단을 하는 사람도 정작 자신이 그 속에 들어가 있으면 어이없는 선택을 하는 바람에 수렁에 빠진다. 위인전이 사람들한테 영향을 주듯 평범한 사람들도 얼마든지 다음 세대의 사람들한테 영향을 줄 수 있다고 생각한다.

사람마다 가슴속에 몇 권의 책이 될 만한 이야기를 품고 있고, 자신이 겪은 인생도 책이 될 수 있다는 것을 최근에 실감했다. 나만 해도 시골집을 구하느라 고생한 경험담이 책으로 나왔다. 생각지도 못했다. 시골집을 구하는 데 너무할 정도로 고생해서 왜 이런 책이 없을까, 하는 의문을 품은 게 책으로 탄생했다.

내 경험만 알려줘도 사람들이 생고생하지 않겠다는 생각으로 출간기획서를 쓰고 출판사에 이메일을 보냈다. 반응이 커서 놀랐다. 계약하기까지 한 달도 걸리지 않았다. 맨 처음 계약하자고 한 곳과 계약했다면 일주일도 채 걸리지 않았을 만큼 대단했다.

그동안 창작물은 몇 권 나왔지만 처음부터 실용서를 기획해서 책쓰기에 도전한 책은 『1억으로 수도권에서 내 집 갖기』가 처음이다. 예상치 못한 호응에 놀라며 한편으로는 씁쓸했다. 그동안 창작품은 외면을 받아왔기 때문이다. 힘들게 계약해도 책으로 나오지 못한 경우가 여러 번 있었고, 겨우 책으로 나왔어도 출판사에 미안할 정도로 판매가 부진했다.

실용서를 처음 낸 뒤에는 생각이 조금 바뀌었다. 아니, 완전히 바뀌었다. 내 경험이 다른 사람에게는 가뭄의 단비처럼 필요할 수도 있다는 걸 깨우쳤기 때문이다. 그래서 내 출판 경험도 책을 내고 싶은 사람들에게 도움이 되겠다는 생각이 자연스럽게 들었다.

주변에 이야기를 해보니 다들 고개를 끄덕이며 궁금한 점을 질문하기 시작했다. 더 자세하게 알고 싶다고 반응을 보였다. 어떤 이는 책이 나오면 자신도 공부해서 책을 내야겠단다. 빨리 『나도 작가다』를 써야겠다. 마음이 급해졌다.

이뿐만이 아니다. 내 경험 중에서 책으로 낼 만한 것을 얼른 꼽아봐도 5~6권은 족히 될 수 있겠다는 생각이 들었다. 흥분이 일면서 사람들에게 이런 사실을 알려야겠다는 마음이 커졌다. 사람들을 만나면 앞서 나온 실용서를 출판하게 된 이야기를 한다. 다들 기뻐하면서 축하해주었다.

『나도 작가다』도 마찬가지다. 다들 이 책은 또 언제 나오느냐고 관심을 보였다. 그러니까 당신도 책을 쓰라고, 자기한테서 몇 권이나 나올지 궁금하지 않느냐고 열을 냈다. 소식이 뜸한 지인들에게도 전화로 들뜬 마음에 책을 내보라고 재촉했다.

　내 이야기를 듣던 지인은 그렇지 않아도 자녀 육아에 대해 딸에게 하고 싶은 이야기가 많은데 시간이 없어서 쓰지 못하고 있다고 한다. 이야기를 들으면서 나도 모르게 독자 타깃은 아이를 둔 부모라고 정했다. 뒤이어 홍보는 어떻게 하면 좋을지, 마케팅은…… 하면서 출간 기획서를 그려나갔다.

　이제는 사람들을 만나면 책을 쓰라고 앞장서서 권한다. 아는 이에게 이런 책을 내보라든가, 저런 책을 내면 어떻겠느냐고 의향을 묻는다. 듣는 사람도 자신의 의견을 보탠다. 마치 책쓰기 전도사가 된 기분이다.

　어떤 경험이라도 충분히 책으로 탄생할 수 있다. 특히 사람들이 몰라서 고생하는 경우라면 수요가 반드시 있다. 한 분야에서 오랫동안 일해온 사람이라면 더할 나위 없다. 평소 궁금한 것도 책으로 내볼 수 있다. 아직 책이 나오지 않았다면 검토해볼 만하다. 또 이미 책이 나왔어도 부족한 부분이 있다면 이 책처럼 도전할 수 있다.

　창업에 대한 책도 꽤 있고, 사장이 되는 책도 보았다. 큰 틀에서 볼 수 있는 책도 있고, 세분화해서 나온 책도 있다. 내 이야기를 책으로 쓰면 몇 권은 나올 거라고 말만 하지 말고 책을 써볼 일이다. 모든 사람의 가슴속에는 책이 몇 권씩 들어 있다. 굳이 책을 쓰고 싶지 않다면 어쩔 수 없지만 누가 아는가. 내 책을 읽은 어떤 독자에겐 피가 되고 살이 되는 귀중한 안내서가 될지 모를 일이다.

　경험이 부족한 젊은이들은 어떨까. 이번에 조사해보니 20대는 물론 10대인 하이틴 저자도 있어서 놀라웠다. 창작물과 마찬가지로 실

용서 분야에서도 젊은이들이 다양한 주제를 다루며 활동하는 경우가 많다. 열정과 번뜩이는 아이디어가 기발하다. 자신만의 세계도 무궁무진하다.

모바일에 익숙한 세대라 거침이 없고 속도도 빠르다. 게다가 컴퓨터에 화면을 여러 개 띄워놓고 동시에 작업하는 멀티태스킹이다. 젊은이들끼리는 같은 세대니까 자신들이 하고픈 이야기나 정보도 따로 있겠지. 자신의 경험은 물론이고 하고 싶은 일도 있고, 젊기 때문에 도전해볼 수 있는 분야도 있다. 모두 다 책이 될 수 있다. 자신 없어서 망설이는 또래들에게 선례를 남기는 일이고, 또 용기를 줄 수 있다.

누구든 가슴속에 묻혀 있는 책을 꺼내자.

분명히 있다.

쓸 수 있는 책과 쓰고 싶은 책

| 출판 시장을 보면 세상이 달라 보인다

실용서를 난생처음 내고 난 뒤에 생활에 변화가 왔다. 사람들에게 자신의 인생을 책으로 내라고 말하기 시작한 것이다.

반기는 사람도 있고, 손사래 치는 사람, 난색을 표하는 사람도 있다. 그래도 하나같이 관심을 보였다. '글씨'를 잘 쓸 줄 모르는데, 또는 배움이 짧은데 책을 낼 수 있느냐고 아쉬움을 내비치는 이도 있다. 가방끈은 짧아도 할 얘기는 많다며 책을 내고 싶은 의지를 내보이는 이도 만났다. 물론이죠, 하며 자신의 인생을 반추해보는 기회로 삼으라고 조언한다.

그러면서 실용서에 대해 알아보았다. 엄청나다. 이렇게 종류가 많다니, 이제야 실감했다. 시골집을 구하려고 애쓰다가 경매를 해보려고 도서관에 갔다가 경매 책이 너무 많아서 놀란 건 아무것도 아니다. 실용서는 분야도 다양한 만큼 시장도 매우 크구나, 하고 새삼 깨달았다. 뭔가가 머릿속을 휙 지나가는 전율을 느꼈지만 그때는 그게 뭔지 잘 몰랐다.

내가 쓸 수 있는 책도 있다

그러다가 어떤 출판사 편집장을 만나 대화하는 과정에서 뜻밖의 말이 나왔다. 미술 전공과 갤러리를 운영한 경험을 살려 책을 내면 좋겠다는 제안을 받았다. 조만간 출간기획서를 보내겠다고, 서로 호흡을 맞춰보자고 했다. 말을 듣고 보니 충분히 할 수 있고, 재미있겠다는 생각도 들었다.

출판사 질문 사항 중에 '원고 내용과 작가의 전문성이 어떻게 결합되었나'가 있는데, 뒤늦게 답을 얻었다. 이 이야기는 4부 「출판사마다 요구하는 기획서가 다르다」편에서 자세히 안내했다. 처음에는 이 질문에 얼른 답이 떠오르지 않았다. 숙제를 쉽게 푼 셈이다.

편집장의 제안을 받자마자 한 이미지가 떠올랐다. 이 이야기부터 시작하면 좋겠네, 하는 순간 원고 한 꼭지가 저절로 그려졌다. 이런 책이 있는지, 이 분야 책은 얼마나 있는지 알아봐야겠다고 생각했다. 미술 관련은 아동 청소년 도서 시장도 굉장하단다. 새로운 세계가 있음을 깨달았다.

집에 와서 검색했다. 출판사 편집장이 말한, 출간기획서를 보내주겠다는 그 책은 없다! 미술 분야에 대한 책은 다양하게 있는데 편집장이 제안한 그 책은 없다! 출판사 편집장이 한 말이니 시장조사도 충분히 끝난 게 아닐까. 이런 생각이 들자 아, 맞아. 시장조사! 오랫동안 잊고 지내던 단어다.

지금까지는 내가 쓰고 싶은 책을 써왔다는 사실을 알자 고생한 이유도 알게 되었다. 그동안 시장조사는 생각도 못 했다. 원고에만 집중하느라 시장조사는커녕 독자의 욕구 같은 부분은 무지했다. 그저 '내가 좋아하는 거, 너도 좋아할까' 하는 심정으로 책을 내왔다. 깊이 각성했다.

무슨 일을 하려면 제일 먼저 시장조사부터 했는데 이 중요한 일을 왜 잊고 있었을까. 책을 낼 때도 당연히 시장 분석을 해야 하는데 까맣게 잊고 있었다. 참고할 만한 관련서를 찾아보기는 했어도 유사서들이 얼마나 팔리는지, 어떤 책이 독자들에게 어필하는지 깊숙이 들여다보지 못했다.

이런, 독자들이 외면한 이유가 있었네. 여태 책을 내면서도 시장에는 까막눈이나 다름없었다. 내 경험은 물론이고, 전공과 관련한 책도 충분히 쓸 수 있다. 취미와 관심 있는 여러 분야들도…… 이렇게 생각해보니 시장조사를 할 일이 넘쳐났다. 내가 쓸 수 있는 책도 넘쳐났다.

미술을 전공한 사실을 알고 있는 한 출판사 대표도 내게 이런 말을 했다. 미술서적 시장이 꽤 크니 전공을 살려 책을 내보라는 말을 들었을 때는 그저 막막했다. 집에 있는 상당한 양의 미술 관련서와 도서관에서 빌려본 책도 생각났지만 내가 미술 관련으로 어떤 책을 쓸 수 있을까. 아무 생각도 나지 않았다. 그래도 전공을 했으니까. 뭐든 생각해보면…… 하는 마음뿐이고 더는 진척이 없었다.

그 자리에서 미술뿐만 아니라 어떤 원고라도 좋으니까 원고가 있으면 달라고 했다. 수없이 거절만 당하다가 이제는 몇 군데 출판사에서 다음 원고는 자신의 출판사에 달라는 말을 들으니 격세지감이 따로 없다. 어떤 원고라도 환영한다는 분위기를 풍겼다. 물론 아무 원고나 다 책으로 나올 수는 없을 것이다. 계약할 때는 면밀히 검토하겠지. 그래도 거절만 받다가 호의적인 말을 들으니 이만큼 진전했다는 신호다.

그런데 전공과 관련해서 구체적인 제안을 받자 앞서 출판사 대표한테 들은 이야기를 비로소 이해했다. 똑같은 말인데도 편집장의 말은 두 번째 들어서 그런지 귀에 쏙 들어왔다. 귀에 들어올 뿐만 아니라 다양하게 펼쳐졌다. 예전에 갤러리를 했던 것까지 떠오르며 다양한 책을 낼 수 있겠구나, 하는 자신감이 솟아올랐다.

그러자 책을 바라보는 시야가 달라졌다. 그중에서도 첫 번째, 내 경험도 책으로 나올 수 있다. 이미 두 권을 내며 경험했으니까 더 말할 필요도 없다. 두 번째, 내가 전공한 미술도 책을 만들 수 있다. 더 나아가 잘할 수 있는 분야도 있겠지. 시장조사를 해보니까 충분히 쓸 수 있는 책이 많아서 의욕이 생겼다.

한 출판기획자가 내게 '맛집 순례'를 써보라고 한 적이 있다. 당시에는 무슨 말인가 싶었는데 이제 확실히 이해했다. 식사하며 대화하는 중에 편집자의 눈으로 저자의 가능성을 끄집어낸 것이리라. 감각이 뛰어난 기획자다.

이 기쁜 소식을 빨리 알리고 싶었다. 사람들에게 말하고 싶어 조바심이 났다. 당신이 살아오면서 경험한 내용 중에서, 할 뿐만 아니라 전공이나 오랫동안 일해온 직업으로도! 하면서 영역을 넓혀나갔다. 사람들에게 내가 알게 된 신기하고 굉장한 세계에 대해 독려했다.

다른 책쓰기 관련서를 읽었을 때 공감하지 못한 내용들이 주르륵 생각났다. 그때만 해도 책을 내려면 출판사를 어떻게 만날 수 있을까, 하는 문제에만 초점을 맞춰서 동기를 일깨우는 부분에서는 크게 공감을 못한 탓이다. 이제야 그 내용이 어떤 독자들에게는 큰 깨우침이 될지 알았다.

이미 나온 책도 기획에 따라 달라진다

그러는 중에 또 다른 세계를 만났다. 이번에는 도서유통 쪽에서 일하는 사람이다. 내가 낸 창작물 중에 몇 권은 기획 방향을 바꿔서 내놓았어야 했다며 아쉬워했다. 몇 가지 샘플을 보여주면서 비교해 설명했다. 말인즉슨 아무리 좋은 내용이라도 독자 눈높이와 욕구를 충족하지 못하면, 더 나아가 기획과 마케팅을 못 하면 독자들에게 알릴 방법이 없단다. 설령 독자들 눈에 들어와도 지갑을 열게 하기가 쉽지 않다는 말이다.

지금까지 내가 쓴 창작물의 경우, 시장조사를 제대로 못 한 내게도 문제가 있었지만, 마케팅 측면에서 출판사 역량이 미흡했다는 생각에 이르자 아쉬웠다. 정말이지 새로운 발견이다. 그동안 출간 문의를 할 때마다 거절했던 수많은 답장들이 생각났다.

하나같이 내용은 좋은데 출판 시장이 어렵다며 사절하기도 하고, 어떤 출판사는 회의를 두 번이나 했지만 아쉽다며 거절했다. 그렇구나! 독자 눈높이에 맞춰 기획을 다시 하면 기존에 나온 책도 새로운 책으로 거듭나는구나. 말하자면 기획을 어떻게 하느냐에 따라 완전히 다른 책으로 탄생한다.

똑같은 재료로 잡채를 만드느냐, 부침개를 만드느냐에 따라 완전히 다른 음식으로 탄생한다. 시장조사를 해서 같은 재료로도 새로운 차를 만들어낼 수도 있고, 돌솥밥을 만들어낼 수도 있다. 같은 에세이도 자기계발서로 또는 심리학이나 인문, 교양 같은 다른 분야로 기획을 달리할 수 있다.

인생에 찾아온 길도 피해갔다

오랫동안 필명을 짓고 싶었는데 이참에 실용서에는 필명을 쓰고 창작물에는 전처럼 실명을 쓰면 어떨까, 하는 생각이 스쳤다. 똑같이 글을 쓰는 일이라도 구분하고 싶은 마음이 생겼다. 왜 구분하고 싶어 하는 거지? 내 자신에게 되물었다.

20대 때에는 내가 발표한 콩트를 읽어본 유명 소설가가 재미있다며 책으로 내면 좋겠다는 말을 들었을 때도 속으로 무슨…… 하며 거부감이 들었다. 당시만 해도 콩트는 서점에서 한 분야를 차지했던 시절이다. 연극 대본을 써보면 어떠냐고 여러 번 권하던 선배의 말도, 작사를 해보지 않겠냐는 제안도, 마음속에서 거부 반응이 일어나 모두 외면했다.

인생에 여러 번 기회가 왔는데도 모두 돌아섰던 고마운 제안들이 불쑥 떠올랐다. 그렇구나. 뭔가 시인으로 걸맞지 않다고 여겼겠지. 이제야 그런 충고를 해주던 분들이 새삼스럽게 그리웠다. 나를 위해 한 조언인데 받아들일 그릇이 부족했구나. 독자를 외면하는 작가가 의미가 있을까. 이제 와서야 생각이 깊어졌다.

　내게 손사래를 쳤던 분들도, 또 책 낼 필요를 느끼지 못한다는 분
도 세월이 지나면 생각이 바뀔지도 모른다. 열심히 알려줘야겠다. 안
팎으로 바빠질 거다. 더욱 건강을 챙겨야겠다.

책이 탄생하는 순간

인생은 선택의 연속이다. 수없이 선택한 발자국들이 모인 결과가 인
생이라고 할 수 있다. 선택은 사사로운 것부터 신중한 것까지 다양
하다. 개인적인 경험으로 안전하다고 여기는 길을 선택하기도 하고,
그동안 축적한 지식이나 지혜로 올바르다고 생각하는 쪽을 선택한
다. 잘못한 선택임을 깨닫고는 옳은 선택을 할 수 있는 계기로 삼기
도 하고, 돌이킬 수 없거나 되돌리려면 엄청난 고통을 겪어야 하는
일도 있다.

　중요한 선택이라면 자연히 망설이며 고심한다. 선택 앞에서 고민
하기도 하고 주변에 조언을 구하기도 한다. 인터넷으로 필요한 정보

를 얻어 선택에 도움을 받기도 한다. 뭔가를 결정할 때도 인터넷 정보는 나침반 역할을 해준다. 편리한 세상이다.

그래도 해결할 수 없으면 도서관으로 간다. 살면서 책 속에 길이 있음을 잘 알기에 자연스럽다. 책이 주는 혜택을 굳이 따지자면, 직접적인 것과 간접적인 것이 있다. 직접적으로는 정보나 지식을 얻기 위해서, 간접적으로는 인생의 좌표를 얻기 위해서다.

- 사람들이 책 속에 길이 있다고 하던데 나는 잘 모르겠어요. 책 속에 무슨 길이 있다는 건지, 난 도통 모르겠던데, 언니는 알아요?

- 어? 하하하. 책 속에 길이 있지. 그걸 왜 모른다고……?

- 무슨 길이 있다는 거예요? 난 아무리 읽어도 무슨 길이 있다는 말인지 모르겠어요. 길이 보이지 않던데.

무슨 생뚱맞은 말인가 싶었다.

오랜만에 만난 후배가 어린아이처럼 묻는 말에 웃음이 터졌다.

- 모르는 게 있으면 도서관에 가잖아. 거기 가면 모르는 걸 알 수 있는 책들도 많고.

- 아이, 그런 건 알아요. 지식 말고 말이에요. 뭐랄까. 그런 거는 휴대폰으로 검색하면 알 수 있잖아요.

- 휴대폰?

- 예에. 요즘은 웬만한 건 다 휴대폰으로 해결하잖아요? 그런 거 말고, 왜 책 속이 길이 있다는, 그런 거 말이에요. 난 아무리 봐도 모르겠던데.

- 아아. 인생의 전환점 같은 거, 그걸 말하는 거야?

- 예에. 그런 거 말이에요.

후배가 반기는 목소리로 답했다.

- 하하하. 아이고, 꼭 애들같이…… 책에서 이리로 가라, 저리로 가라, 어떤 선택을 하라고 명확하게 알려주는 책은 없지. 하지만.

- 알아요. 그런 책이 없다는 것쯤은. 내 말은 그게 아니고.

- 왜 없어. 잘 생각해보면 길을 찾은 적이 있을 거야. 하다못해 소설이나 시를 읽다가도 퍼뜩 답을 찾는 경우도 있지.

- 난 없던데 언니는 있어요?

후배가 되물었다.

나는 난관에 부닥칠 때마다 주변에 조언을 구하고, 그래도 풀리지 않으면 도서관에 간다. 생각해보니 오래전부터 그래왔다.

지인의 출판기념회에 다녀온 적이 있다. 이날은 특별했다. 지인이 하는 말이 귀에 쏙 들어왔다. 김영사에서 나온 『다산 선생 지식경영법』을 읽고 난생처음 책을 내야겠다는 결심을 하고 부지런히 자료를 수집해서 책을 냈다고 한다. 한 달 뒤쯤 나도 흥미롭게 읽었다. 정약용의 방대한 저술을 일목요연하게 쉬운 말로 정리해서 책을 낸 저자 정민 선생도 대단하지만 18세기의 고전이라는 점이 매우 놀라웠다.

그 책을 읽으면서 신기한 경험을 했다. 놀랍게도 나도 책을 내야겠다고 결심했다. 마치 지인의 결심이 전염된 기분이다. 하루하루 먹고 사느라 전전긍긍하던 때에 대단한 길을 발견한 셈이다. 그동안 모아둔 작품을 부지런히 정리했다. 출간기획서라는 난제에 부닥쳐 시간도 많이 흘렀다.

출판기념회를 다녀온 지 열 달 뒤부터 출판사에 이메일을 보내 2009년 9월과 2010년 2월에 각각 책이 나왔다. 이 책의 어떤 부분이 책을 내야겠다는 결심을 세우게 했는지 꼬집어 말할 수는 없다. 두 번 읽었는데 두 번 다 같은 결심만 강렬해졌다.

세월이 흘러 시골로 가야겠다고 결정하고 난 뒤에 겪은 고생담이 책으로 나왔다. 앞서 말한 첫 실용서다. 시골집을 고친 책은 더러 있는데, 시골집을 어떻게 구하는지 방법을 안내한 책은 찾지 못했다. 시골집을 구해야 고칠 텐데, 구하지도 못한 시골집을 고치는 책은 그야말로 그림의 떡이나 다름없다.

시골집을 구하느라 고생할 때마다 방법을 알려주는 책이 없어서 몹시 아쉬웠다. 부동산 사장들이 말하길 나처럼 1억 원대 초반으로 시골집을 구하려는 사람들이 열에 일고여덟이란다. 그렇다면 수요가 꽤 많다는 말인데 책이 왜 없을까. 하도 고생하다 보니까 다른 이들을 위해 써야겠다고 생각했다.

그래서 탄생한 책을 보면서 무언가 필요한 순간, 그게 바로 책이 된다는 걸 다시 한 번 깨달았다. 왜 없지? 하는 순간 책이 탄생할 수 있다는 사실을 알았다. 뿐만 아니라 내 경험이 다른 이들한테 도움이 될 만한 이야기도 상당수 있다는 점에 고무했다. 이런 과정을 지나면서 생각해보니 이러저러한 책이 있었으면 그 시절 고생하지 않았을 텐데, 하는 생각도 자연스럽게 들었다.

왜 없지? 하는 의문뿐만 아니라 이럴 때는 어떤 선택을 해야 하나? 하는 기로에 놓일 때마다 올바른 선택을 할 수 있도록 도움을 주는 책이 있다면 얼마나 좋을까. 그러면 후배처럼 책 속에 무슨 길이 있느냐고 답답해하지 않겠지. 분야별로 세분화한 책도 다양하게 있어야 한다고 생각했다.

더 나아가 비슷한 책이 있어도 중요한 부분이 빠져 있거나 필요한 정보가 부족하다면 이를 보완해 책을 낼 수 있다. 지금 내가 쓰고 있는 책이다. 서문에서 밝혔듯이 기존 책으로 공부해도 책을 출판하기가 어렵기 때문에 『나도 작가다』를 기획했다.

명심하라! 왜 없지? 하는 순간, 그게 바로 책이다.

크게 나누면 세 가지다.

첫 번째, 자신이 경험한 것!

두 번째, 전공이나 한 분야에서 오랫동안 일해온 것!

세 번째, 지금까지 낸 책도 독자의 요구에 맞춰 새롭게 기획해서!

여기에 기존 책 중에서 부족한 부분이 있는 책, 관심이 있는 분야인데 시장조사를 해보니까 없는 책, 있어도 다른 시각으로 쓸 수 있겠다.

이렇게 책을 낼 수 있는 소재는 많다.

책이 탄생하는 확실한 이유

사람들을 만나 대화하다 보면 혼자 듣기 아까울 때가 있다. 단순한 정보도 있고, 살아가면서 지혜를 얻을 수 있는 내용까지 다양하다. 고초를 겪어낸 일화를 들을 때면 삶을 대하는 마음가짐을 배우기도 하고, 난관을 헤쳐나간 이야기는 혼자 듣기 아깝다.

그래서 블로그를 만들어 글을 써보라고 하고, 자서전도 쓰라고 권유해왔다. 여러 사람들이 듣고 삶에 보탬이 되길 바라는 마음으로 주변에 소개해 강의할 자리를 만들기도 했다.

시골집을 1억 조금 넘는 금액으로 간신히 구한 이야기를 주변에 하자 다들 흥미 있게 들었다. 대부분 나처럼 시골집에 관심이 커서 흥이 났다. 그러잖아도 하도 고생해서 책을 내야겠다고 생각하던 참에 사람들의 반응을 보고 용기가 생겼다.

주변에 말하다 보면 상대도 알고 있다고 지레 단정하는 일이 있다. 이를 테면, 알고 보니까 맹지더라고, 마음에 딱 드는데 맹지지 뭐야, 아무렇지도 않게 맹지를 소개하고 말이야, 맹지가 어찌나 많던지, 하는 식이다. 듣고 있던 이가 그런데 맹지가 뭐예요? 하고 묻기에 정신을 차렸다. 맹지는 도로와 떨어져 있어서 건축 허가가 안 나와 집을 지을 수 없다.

나도 경험하기 전에는 몰랐다. 하지만 알고 난 후에는 무심코 넘어간다. 맹지를 설명해야겠다고 머릿속에 메모해두었다. 의외로 많은 사람이 맹지를 모른다. 시골집을 구하러 다녀본 사람도 모른다고 해서 놀라웠다. 지인 중에도 맹지 때문에 속 끓이던 게 생각났다. 인터넷에도 맹지인 줄 모르고 사서 한탄하는 사연들이 꽤 있다.

왜 맹지를 사놓고 후회하지? 하던 생각을 자연스럽게 이해했다. 모르고 산다. 사고 나서 뒤늦게 맹지를 알고, 또 지적도를 확인하지 않고 현장만 보고 속아서 산다. 싸다는 생각에 덜컥 샀다가 나중에 그 사실을 알고 통탄한다. 기획부동산에 속아서 시세보다 몇 배나 비싼 값에 사고 가슴을 친다.

무허가 건물에 대해서도 질문을 받았다. 사려고 알아보니까 무허가더라고, 부동산에서 처음부터 무허가라고 말도 안 하고 말이야, 무허가 건물인데 아무 문제가 없다고 우기는 거야, 하면서 토로했다.

듣던 이가 시골에는 왜 무허가 건물이 많으냐고 물었다. 뜻하지 않은 질문을 받고 생각했다. 나도 처음에는 왜 이리 무허가 건물이 많지? 하고 답답해하기만 했지 원초적인 의문은 품지 못했다. 무허가 건물을 양성화할 수 있다는 말을 듣고 어떻게 해야 좋을지 골몰하며 문제를 풀 생각만 했다.

옛날에는 건축 허가를 받아서 집을 짓는다는 의식이 별로 없었다고 한다. 내 땅에 내 집을 짓는데 무슨 허가를 받는다는 말이냐, 하는 생각이 컸다. 건축 신고만 하고 집을 지을 수 있는 세월도 있었다. 무엇보다 한동네가 거의 친인척이라 아무 문제없이 살아왔다. 누가 신고하는 일 없이 대대손손 살아와서 문제의식이 없는 게 당연하다.

시골집 구한 이야기를 주변에 하니까 의외로 관심도 많고, 이것저것 생각지 못한 질문을 받았다. 나중에는 머릿속에 메모하는 것만으로는 모자라서 휴대폰이나 종이에 적었다. 왜 시골로 가려고 했느냐는 원론적인 질문도 있었다. 시골에 가서 뭐 해 먹고살려고 갔느냐고 궁금해했다.

하나씩 설명하다 보니까 어떤 내용을 책에 담아야 하는지 생각이 모아졌다. 경험한 내용을 어떤 식으로 풀어가야겠다는 구상도 조금씩 틀이 잡혔다.

뒤늦게 소식을 들은 지인들도 집 구경을 와서 시골집 구한 이야기를 흥미진진하게 들으며 기뻐했다. 이 중에는 시골로 갔으면, 하고 막연히 생각만 하고 있던 사람도 있고, 시골집을 구하려고 몇 차례 발걸음을 하다 포기한 이도 있었다. 그러면서 이런저런 질문을 했다. 책을 내야 하는 이유가 더 확실해졌다.

– 이야기만 들어서는 다 기억할 수 없겠어요. 책은 언제 나와요?

당장 책이 필요하다며 물었다.

그렇지 않아도 시골로 가려고 준비 중이라며 잘 만났다고 반가워했다. 책이 나오면 중요한 부분은 복사해서 시골집 구하러 다닐 때 가지고 다녀야겠단다.

그러니 책을 내야겠다는, 내면 좋겠다는 생각이 들면 우선 주변에 이야기를 해보라. 어렵지 않다. 자신이 경험한 일이니 있는 그대로 말하면 된다. 순서에 연연할 필요 없이 일단 생각나는 대로 시작해보라. 질문이 나오는 부분은 메모하라. 그 자리에서 답해줄 수 없거나 부족한 부분은 나중에 자료를 찾아 채우면 된다.

이때 먼저 염두해둬야 할 점이 있다. 자신이 생각하고 있는 내용이 필요할 만한 사람들을 대상으로 해야 한다.

예를 하나 들어보겠다. 사회적인 이슈가 되는 어린이집 학대에 대한 기사를 보고 생각해보았다. '어린이 집의 모든 것' 또는 '좋은 어린이집 구분법' 같은 책이 있다면 얼마나 좋을까. 평판이 좋아서 보냈는데 알고 보니 은밀한 학대가 벌어졌던 곳이라거나 현재도 아이를 학대하고 있다면 억장이 무너지지 않겠는가.

좋은 어린이집은 어떤 곳일까. 무엇을 점검하고 확인해야 할까. 방문해서 시설만 보고, 원장과 인사만 하고 결정하면 끝일까. 면담하는 과정에서 어떤 점을 살펴봐야 하는지 부모들은 잘 모른다. 또 어떤 질문을 하고 어떤 답을 들어야 하는지도 막막하다. 구체적인 예를 들어 알려준다면, 아울러 학대를 방지할 수 있는 방법까지 제안한 책이라면 좋지 않을까.

이 생각으로 출발하면 책을 쓸 사람과 책이 필요한 사람을 나누어볼 수 있다. 책을 쓸 사람은 책이 필요한 사람을 대상으로 자신이 보고, 겪고, 들은 이야기를 하면서 책의 구성을 잡아볼 수 있다. 듣는 이도 필요를 느낄 테니까 적극적으로 질문한다.

일반인이라면 잘 알 수 없는 부분도 어린이집에서 근무한 경력이 있는 사람들은 이런 주제로 책 쓰는 것이 가능하다. 모르긴 해도 어린 자녀를 둔 부모들은 이런 책이 필요할 테니까 수요가 있다. 어린이집에 들어가기가 하늘에 별 따기인데 무슨 소리냐고? 그렇다면 이 역시 제대로 별 따는 방법을 알려주면 되지 않겠는가.

일단 주변에 이야기를 해보라.

이 방법을 통해 독자 반응도 짐작해볼 수 있다. 어떤 경험이라도 상관없다. 주저하지 말고 시작하라.

내가 첫 독자다

사람들에게 이야기를 해보면 반응이 보인다. 질문이 많을수록, 궁금한 점이 많을수록 책으로서 가치가 높다는 걸 알 수 있다. 별 흥미를 끌지 못하는 내용이라면 말할 것도 없이 반응도 별로 없을 테니 책으로 나와도 판매가 부진하거나 일부 독자에게만 관심이 있을지도 모른다. 이럴 때는 다른 내용을 생각해봐야 한다.

사람들이 관심을 보이고, 책으로 나오면 좋겠다거나 책을 내보라고 부추기는 말을 듣는다면 성공한 셈이다. 시골집을 구한 이야기를 할수록 책이 나오면 사봐야겠다고 하는 사람들이 늘어갔다. 듣는 사람 모두 반응이 뜨거웠다. 더 나아가 '시골집 연구소'를 만들어서 사람들에게 도움을 주는 사업을 해도 좋겠다며 사업 아이템을 제시했다.

이뿐만이 아니라 시골집을 어렵사리 사긴 했는데 고치는 일로 엄청 고생했다고 하소연하자 듣던 사람이 뜻밖의 말을 했다. '시골집 고치기' 사업을 하면 대박 나겠단다. 이참에 전문가 몇 사람을 꾸려서 사업해보라며 신이 났다. 두 가지 다 가능성이 있는 제안이다.

이번에는 자신에게 말해볼 차례다.

이미 수없이 해왔으므로 특별히 어려운 점은 없다. 하지만 의외로 남들에게는 꺼려져서 건너뛴 부분도 있고, 미처 생각지 못해 놓친 부분도 생긴다.

자신이 경험한 일이니 솔직하게 이야기하라. 부끄러워서 드러내놓고 싶지 않은 부분도 있을지 모른다. 그래서 사람들한테 말할 때는 무의식중에 빠뜨린 부분이 있는지 확인하라. 이런 것까지, 사람들이 어찌 생각할까, 하고 망설이는 바로 그 부분이 매우 중요한 정보가 될 수도 있고, 삶의 지혜가 될 수 있다.

절박해서 벌인 짓이 제3자가 보면 어리석고 우스꽝스러울 수도 있다. 속물로 비춰져 손가락질을 받는 게 아닐까, 하는 우려가 들 수도 있다. 그래도 사실대로 드러내야 한다. 왜냐하면 독자 역시 절박해져서 자신이 걸어갔던 고생길로 들어설 수 있기 때문이다.

　'시골집 구하기'를 쓰면서 이렇게 생각한 것도 넣어야 하나, 이런 내용까지 넣을 필요가 있을까, 하고 망설였다. 특히 경매를 하느라 고생한 내용은 빼먹었다. 시골집을 구하는 방법이 워낙 무궁무진하기도 했지만 무언지 모르게 꺼려졌기 때문이리라.

　경매를 좋지 않게 생각하기 때문인지도 모른다. 지인한테 경매를 알아보고 있다고 했을 때 하나같이 반응이 안 좋았다. 왜 하필이면 남이 우는 걸 사려고 하느냐며 말렸다. 그래서 꺼려지고 부끄러워 말하지 않았겠지.

　그러다 용기를 냈다. 망설이는 부분은 물론이고, 경매도 써야겠다고 결심했다. 어쩌면 나처럼 절박한 심정으로 헛고생할지도 모르고 뛰어들거나, 특별한 능력이 있어 경매로 좋은 집을 구할지도 모르는 일이라고 생각을 바꿨다. 내가 실패한 일이 어떤 이에게는 아, 이런 방법이 있구나! 하고 잘 풀어갈 수 있을지도 모르고, 어? 정말 이렇게 했다가는 시간 낭비만 하겠네! 하고 피해갈 수도 있다.

　경매 경험은 책에 싣기를 잘했다. 나는 헛고생했지만 그 책을 읽은 어떤 독자는 성공할지도 모를 일이다. 나 역시 우연찮게 경매로 시골에 정착한 지인을 보고 한번 해볼까, 하고 꿈에 부풀어 발걸음을 내딛었기 때문이다. 결과는 참혹하리만치 대참패를 하고 눈물로 후회했지만 다른 사람은 내가 실패한 경매 안내로 도움을 받을 수 있겠다는 생각이 들었다.

　만약 솔직하게 드러낸 그 부분이 필요치 않다면 편집자가 전체적인 윤곽을 감안해 수정하거나 빼자고 할 테니까 고민하지 마라. 자신에게 하는 이야기인 만큼 빠짐없이 할 필요가 있다. 하다 보면 예기치 않게 좋은 제안이나 지혜도 찾을 수 있다. 그 내용까지 쓰면 경험한 것만이 아니라 제안까지 담은 훌륭한 책이 탄생할 수 있다.

자신에게 말하면서 필요하거나 중요한 부분은 메모하라. 이런 과정이 쑥스러울 수 있겠지만 습관을 들여라. 익숙해지면 편리한 방법이다. 이야기를 하다 보면 어느새 줄거리가 더 촘촘하게 잡혀나간다. 이런 방법이 주제를 먼저 잡고 풀어가는 것보다 훨씬 책에 가깝고 수월하다.

보통 글을 쓰기 전에 주제를 정하라고 한다. 맞는 말이다. 하지만 주제를 정하기가 쉽지 않다. 더군다나 혼자 생각해서 주제를 정해 원고 작업을 하다 보면 빠뜨리는 부분도 생기고 예기치 못하게 오류가 생겨도 모르고 지나칠 수 있다. 말하기를 통해서 줄거리를 잡아가는 방법이 가장 쉽게 독자에게 가는 길이다.

자, 자신이 첫 독자다.

자신에게 이야기를 해보라.

얼개를
짜는 방법

기업체 사보기자를 지낼 때다. 같은 일을 하는 친구가 있어서 자주 만났다. 원고 마감과 발행일이 비슷해서 바쁠 때는 함께 바쁘고 시간이 날 때도 비슷했다. 같은 일을 해도 방식은 판이했다. 결과물은 같아 보여도 과정은 완전히 달랐다. 처음에는 성격 때문이라고 여겼는데 그게 아니라는 걸 나중에 깨달았다.

　모든 원고는 분량을 정해두고 작업한다. 자신이 직접 작성할 때는 분량에 맞춰서 진행할 수 있다. 하지만 청탁은 예외다. 분량을 정해놓은 대로 원고가 들어오지 않는다. 모자라거나 넘치는 일이 다반사다. 청탁 원고를 교정 교열할 때 나는 편집해둔 레이아웃에 맞춰 미리 원고 분량이 맞아떨어지게끔 하려고 애쓴다. 예를 들면 레이아웃에 따라 7.3매, 또는 8.5매로 미리 계산한 틀에 맞춰 조절한다.

　이에 반해 친구는 들어온 그대로 진행한다. 모자라면 채우고, 넘치는 원고는 과감하게 자른다. 그리고 바로 진행하니까 진도는 나보다 빠르다. 당시는 식자 회사에 원고를 보내면 인화지에 원고를 인화한 걸 받아 칼로 오려내 '대지'라고 부르는 종이판에 붙여 한 쪽씩 완성했다.

먼저 시작한 친구의 작업이 나중에는 나보다 느렸다. 게다가 한 번에 끝나지 않고 인화지를 내지에 붙였다 떼었다 하면서 지저분해졌다. 나는 친구보다 늦게 식자 회사에 원고를 보내는데 인화지를 받으면 레이아웃에 맞춰 붙이기만 하면 되니까 속도가 난다. 오히려 친구보다 하루 이틀 정도 일찍 끝난다.

이렇게 작업하는 방식이 다른 이유는 성격 탓도 있겠지만 디자인을 전공한 나로서는 1mm도 따져가며 공부한 경험이 영향을 미쳤으리라 생각한다. 친구한테 원고 분량을 미리 계산해서 작업하도록 권해보았지만 내 방식이 더 번거롭다고 여겼다. 사보라고 해야 20~30쪽 내외인데 하루 이틀이면 큰 차이다. 200~300쪽이라면 더 큰 차이로 일정이 벌어진다.

매우 합리적이고 이성적인 친구가 이상하리만치 사보 편집은 비합리적으로 보였다. 나야말로 이성보다는 감성이 앞서고 상당히 감정적이어서 비합리적인 부분이 꽤 있는데, 사보 편집만큼은 서로 다르게 일했다.

50쪽도 안 되는 사보와 달리 책 한 권 분량은 보통 몇 백 쪽이다. 하루 이틀 차이가 나중에는 얼마나 더 날까. 굳이 계산해보지 않아도 알 수 있다. 이렇게 많은 분량을 아무런 계산 없이 진행하다가는 책 한 권을 제대로 완성하기까지 상당한 고초가 따르고도 남는다.

책쓰기는 글쓰기와 닮아 보이지만 다르다. 집을 짓듯이 설계가 필요하다. 설계도 없이 집을 짓는다고 생각해보라. 설계가 꼼꼼해야 현장에서 우왕좌왕할 상황이 줄어든다. 완벽하게 했다고 해도 설계를 변경하는 경우가 이따금 벌어진다는데 이마저도 없다면 얼마나 난감할까. 공사 기간이 한정 없이 늘어날뿐더러 다툼의 원인이 되기도 한다.

　책 쓰는 일은 집을 짓는 것과 마찬가지다. 건축 설계를 하듯 쓰기 전에 얼개를 짜야 한다. 얼개는 차례를 말한다. 차례가 튼튼하고 완벽할수록 고생하지 않는다. 조급한 마음에 얼개를 제대로 짜지 않고 시작하면 진도가 빠른 것처럼 보이지만 결국은 시간이 더 걸린다. 중복되거나 순서가 뒤엉켜 다시 풀어내고 순서를 정하려면 머릿속만 복잡해지고 시간은 한없이 늘어날 뿐이다.

　알알이 맺은 구슬을 꿰어야 하는데 서두르기만 해서는 제대로 안 된다. 먼저 색깔별로 나누고 묶어야 일목요연하게 정리할 수 있다. 반드시 큰 갈래로 나누고 종류별로 구분해 묶어두라. 이것만 제대로 해두면 반 정도는 쓴 셈이나 다름없다. 명심하라. 차례를 짜두는 일이 무작정 쓰는 것보다 중요하다.

　자, 이제 얼개를 어떻게 짜야 할까.

　사람들한테 여러 번 이야기했고, 자신에게도 말하면서 줄거리를 어느 정도 정리했다. 순서도 얼추 정리했으면 한글파일을 열어 준비 작업을 할 차례다. 집을 짓기 위해 바닥 다지기 공사를 하는 것과 같다. 자신에게 말한 내용들을 떠올리며 적어나간다. 이 작업을 원고 구성이라고 한다.

　원고 구성이라는 제목으로 파일을 만들고 열어라. 여기에다 차례를 짜 넣는다. 원고 구성은 전체적인 얼개를 짜는 일이다. 이 얼개가 차례를 만드는 기초 작업이다. 차례 제목은 자신이 알아볼 수 있게만 하면 된다. 마땅한 제목이 떠오르지 않으면 순서에 따라 숫자만 적어두거나 길든 짧든 자신이 알아볼 수 있게 제목으로 붙여둔다.

책상 서랍을 구분해둔다고 생각하라. 서랍 하나에 모든 용품을 한꺼번에 다 넣어두면 필요한 물건을 찾을 때마다 불편하다. 용품을 서랍마다 일목요연하게 구분해 넣어두면 한 번에 찾아 쓸 수 있으니까 편리하다. 서랍을 정리하듯 원고 구성도 분류에 따라 정리해둔다.

이 이야기, 저 이야기, 이런 정보, 저런 정보, 하면서 순서를 정해나간다. 순서를 정할 때는 서론(도입 부분)과 본론(전개 부분), 결론(결말 부분)을 크게 구분하고, 각 항목에 이야기를 하나씩 구분해 넣어둔다. 앞서 말한 것처럼 알알이 맺어둔 구슬을 색깔별로 묶고 나누는 작업을 한다. 이렇게 얼개를 구분해 짜두면 나머지는 일사천리로 이뤄진다.

얼개를 짠 뒤엔 드디어 쓰는 일에 가까이 다가갔다.

원고,
어떻게 쓸까
?

쓰는 방법만
알면
술술 풀린다

처음부터 제목에 연연하지 말라

얼마나 써야 책이 될까?

다른 책을 참고하는 방법

원고 한 꼭지 완성하는 방법

글 쓸 때 참고하면 좋은 책

교정할 때 주의할 점

처음부터 제목에 연연하지 말라

지하실을 창고로 쓰려고 선반을 만든 적이 있다. 목수한테 부탁했는데 전체 크기를 감안해서 재단하지 않고 곧바로 각목을 하나씩 잘라 합판을 얹어나가기에 좀 의아했다. 금방 끝날 것 같더니 의외로 시간이 많이 걸렸다. 진도가 빨라 보이는 착각은 그 뒤에 계속해서 일어났다.

간단해 보이는 선반도 설계가 필요할 텐데 오랜 세월 집을 지어봐서 이깟 선반쯤이야, 하는 마음에서 그랬을까. 목수는 나무를 자르기 전에 두 번 잰다는 말이 있는데 소용없었다. 한 번 잰 후에 나무를 잘라서 만든 결과 한쪽으로 기울어졌다. 길어 보이는 다리를 대충 자르는 바람에 이번에는 다른 쪽 기울기가 안 맞았다. 기울기가 안 맞으니 네 귀퉁이도 각이 맞지 않았다.

기울어진 다리에 대충 눈짐작으로 각목을 잘라 덧댔는데 길이가 조금 모자랐다. 다시 눈짐작으로 각목을 덧대느라 시간이 점점 더 늘어났다. 처음부터 치수를 정확히 재서 작업하면 오차가 생기지 않았을 텐데 머릿속으로 그려가며 만들어서 힘만 더 들고 말았다. 무엇보다 한쪽 다리에 각목이 세 개나 붙어 있어서 보기에 몹시 흉하다. 지

 2부 쓰는 방법만 알면 술술 풀린다

하실에 드나들 때마다 눈에 거슬린다.

책 쓰는 일은 집 짓기와 마찬가지라고 했다. 설계가 완벽하면 그만큼 시간과 노력이 적게 든다. 원고 구성은 일종의 설계 과정이다. 이 과정을 대수롭지 않게 여겼다가는 나중에 덧대거나 삭제하거나 새로 만들면서 지저분해지고 뒤죽박죽되고 만다.

처음에는 이 작업이 몹시 더디다. 빨리 제목을 정하고 원고를 쓰고 싶은 마음이 커진다. 그래도 꼼꼼하게 얼개를 짜야 한다. 이 점을 명심하라. 그렇지 않으면 전문가라면서 만든 선반처럼 모양이 흉하게 된다. 하루빨리 쓰고 싶은 마음에 서두르면 나중에 힘들어진다.

빠진 부분이 눈에 띄어 채워 넣으려고 하다 보면 다른 꼭지에서 이미 일부분 다루어서 쩔쩔맨다. 어느 꼭지에 담을지 몰라 일일이 파일을 열었다 닫았다 하면서 고생한다. 설계하듯 구성을 탄탄하게 하면 고생하지 않고 작업할 수 있다.

이제 원고 구성이라고 해둔 파일에는 각각 가제목이나 메모를 해둔 내용들이 있다. 30개가 될 수도 있고 80개가 넘을 수도 있다. 죽 훑어보면서 빠진 내용은 알맞은 순서에 끼워 넣으며 정리해간다. 비슷한 내용들은 하나로 묶는 작업을 하며 확인해나간다.

자신에게 충분히 이야기를 한 뒤라 내용을 분류하는 데 어려움 없이 진도가 나간다. 처음 작업을 할 때는 내용이 많은지 적은지 판단하기가 쉽지 않다. 하지만 불안해할 필요 없다. 원고 구성이라고 해둔 파일 안에 여러 제목들이 순서대로 있다. 이 얼개를 짜둔 순서에 따라 각각의 파일을 하나씩 만든다.

30개든 80개든 일단 저장한다. 새로 만든 파일마다 꼭지 이름을 단다. 그리고 파일을 열어 그 안에 들어갈 내용을 메모한다. 스케치를 하듯이 대강의 내용을 적거나 요점이 될 만한 단어나 문장을 쓴다. 이렇게 하나씩 준비해두면 나중에 원고를 써나갈 때 훨씬 수월하다.

파일을 하나씩 만들다 보면 쓰고 싶은 유혹에 빠진다. 파일을 열고 빈 화면에 요약해둔 내용을 보면 이미 수없이 이야기를 한 뒤라 쓸 내용이 풍부하다. 이때 쓰고 싶은 유혹을 잘 참아내야 한다. 참지 못하고 써 내려가다 보면 진도가 빨라 보이는 착각에 빠져 나중에 고된 작업을 해야 한다.

만약 대강의 얼개를 짜둔 순서로 파일을 하나씩 만들지 않고 무조건 써 내려간다면 끔찍할 뿐이다. 책 한 권은 보통 200자 원고지로 1000매 내외인데 A4 화면으로는 100쪽이 넘는 분량이다. 이 많은 양을 나중에 어떻게 정리하겠는가. 스크롤을 오르내리며 머리에 쥐만 난다.

그래서 원고 구성은 꼼꼼하게 해놓아야 한다. 원고 구성을 했다고 해도 무계획적으로 글쓰기를 하면 내용이 중복되기도 하고, 미처 생각지 못해 건너뛰거나 빠뜨리기도 한다. 내용을 메모하는 선에서 그쳐야 한다. 이 작업도 은근히 시간이 많이 걸린다. 왜 아니겠는가. 80개쯤 되는 일은 드물겠지만 40~50개, 또는 그 이상 넘는 파일을 일일이 하나씩 만들며 내용을 요약하고 간단한 단어를 작성하는 것만도 시간이 꽤 걸린다.

이제 폴더에 원고 구성 파일과 새롭게 만든 파일들이 하나씩 생긴다. 예를 들면 '뜬구름 잡기' 책을 쓴다고 했을 때 〈뜬구름 잡기 원고〉 폴더 안에 뜬구름 잡기 구성 파일 하나와 각각 한 꼭지씩 만든 파일들이 1, 2, 3, 4, 5, 여러 개가 생긴다. 이때 숫자는 01, 02, 03, 04, 05 순서로 붙인다. 시각적으로 한눈에 보기 쉽다.

나중에 익숙해지면 이 순번들을 분류해 1-01, 1-02, 1-03…… 2-01, 2-02, 2-03…… 3-01, 3-02, 3-03으로 처음부터 묶어서 작업할 수 있다. 각 번호에는 가제목이 있기도 하고 요약한 중요 단어가

원고 얼개 짜기

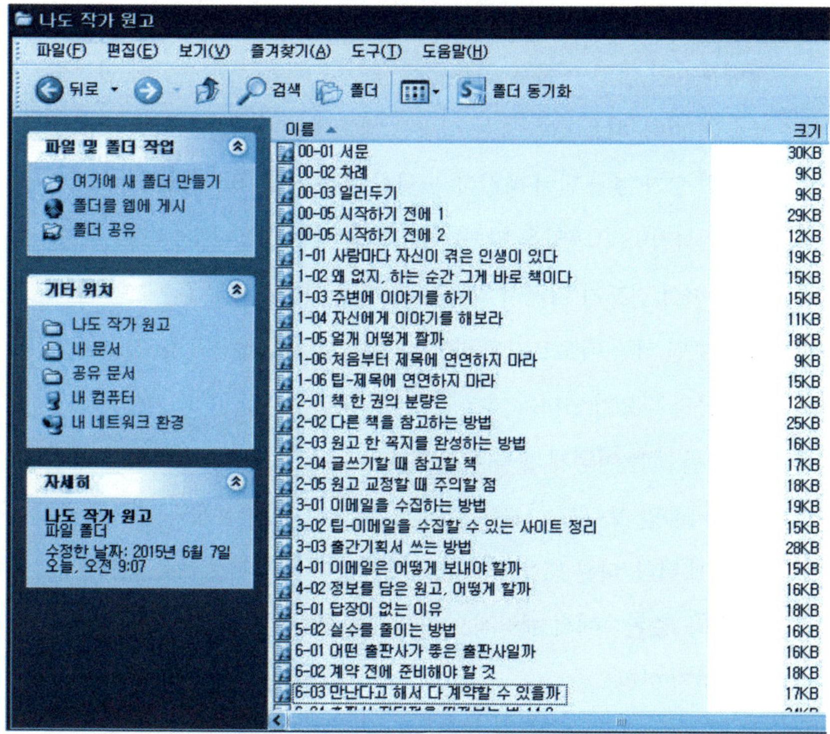

제목처럼 붙어 있다. 폴더 안에 원석을 담아둔 기분이다.

각 파일 옆에는 파일 크기가 보인다. 9KB부터 15KB, 16KB도 있다. 숫자가 클수록 글의 양이 많은 것이다. 원고 구성 파일에 순서를 정해 가제목으로만 정해놓았을 때보다 훨씬 더 책으로 가까이 다가간 모양을 실감할 수 있다.

지금부터는 파일들을 하나씩 점검한다. 순서를 바꾸기도 하고 겹치는 내용은 함께 묶거나 생략하는 작업을 거치면서 정리한다. 이 과정에서 각 파일마다 추가로 생각나는 내용이 있으면 다시 그 파일을 열어 내용을 보완한다.

마땅한 꼭지 제목이 떠오르면 제목을 새로 달고, 메모나 요약으로 정해두었던 파일 이름은 내용으로 옮긴다. 처음부터 제목에 연연할 필요가 없다. 처음 책을 쓰는 사람은 제목에 얽매이면 시간만 걸리고 뾰족한 수가 없어 진이 빠진다. 느긋한 마음으로 기다려라.

각 꼭지마다 파일을 만들다 보면 제목이 술술 나오는 경우도 있고, 막혀서 진도가 나가지 않는 것도 더러 있다. 막힐 때는 그냥 둬라. 쓰다 보면 퍼뜩 떠오르기도 하고, 주변에 도움을 청할 수도 있으니 전전긍긍할 필요가 없다.

다른 책은 어떻게 제목을 정했는지 참고해보는 방법도 있다. 어떤 책은 차례만 보아도 한눈에 알아볼 수 있고, 읽고 싶게끔 잘 지은 것이 눈에 띈다. 다른 책을 참고해도 마땅한 제목이 떠오르지 않으면 그냥 둬라. 출판사에서 매력적으로 정해줄 테니까 제목에 막혀서 애면글면하지 마라.

　　이제 폴더를 바라보면 풍성한 느낌이 들고 점점 더 책에 가까워져 빨리 글을 쓰고 싶은 마음에 조바심이 난다. 이 유혹은 참아내기 더 힘들다. 하지만 기다려야 한다. 각 꼭지마다 원고 분량을 정하는 일이 남았다. 급한 마음에 충고를 밀어두고 써 내려가면 나중에 후회할 일을 스스로 만드는 짓이다.

내용 요약하며 차례 만들기

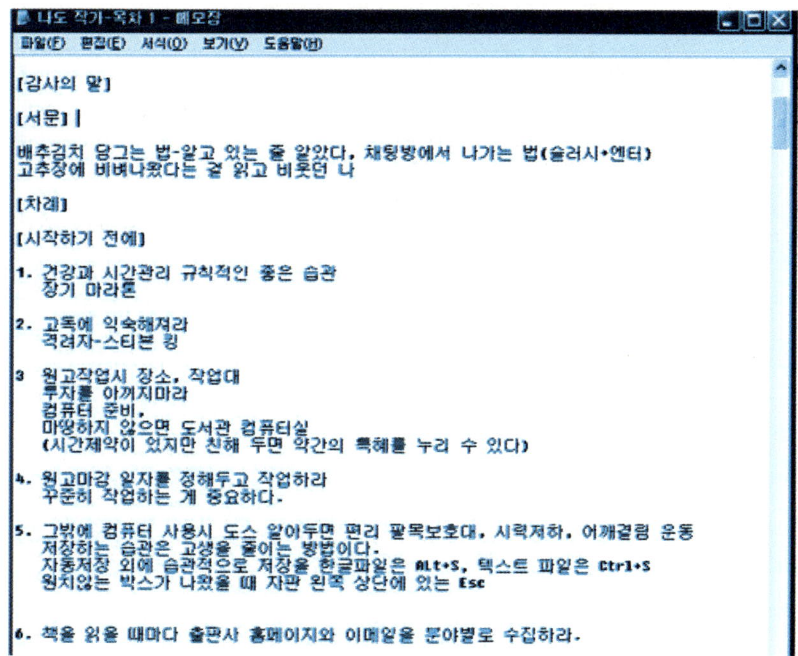

특히 처음 책을 쓰는 사람이라면 진도가 빠른 것처럼 보이는 유혹을 물리쳐야 한다. 제목에 연연하지 말고, 쓰고자 하는 욕구를 견뎌야 나중에 고생하지 않는다. 이 점을 잊지 마라, 반드시 명심하라.

71쪽 표와 같이 메모해나가며 차례와 책의 흐름을 일목요연하게 정리한다.

꼭지를 만들고 그 안에 들어갈 내용을 간단하게 메모해둔 예다.

마땅한 제목이 있으면 제목을 써둔다. 이렇게 하면 나중에 폴더를 만들고 그 안에 파일을 만들어나갈 때 이 메모 내용을 보고 꼭지별 파일 안에 그대로 복사해두면 편리하다.

일단 생각난 내용을 순번에 따라 정해두는 것이 중요하다. 제목은 나중에 정해도 되고 출판사에서 정할 테니까 크게 걱정하지 않아도 된다. 꼭지 제목이나 책 제목을 정할 때는 출판사에서 저자와 상의하므로 처음부터 제목에 연연하지 말고 원고 구성에 최선을 다하라.

얼마나 써야 책이 될까?

머리가 나쁘면 팔다리가 고생한다는 우스갯말이 있다. 반대로 머리가 좋으면 팔다리가 고생하지 않을까. 꼭 그렇지만도 않다. 경험이 있으면 고생을 덜할 수도 있고, 경험이 부족하면 고생하면서 수고를 줄이는 방법을 터득해나갈 수 있다. 다른 사람이 하는 것을 보고 배울 때도 있으니 눈 선생을 통해 경험을 쌓아 고생을 줄이기도 한다.

이사할 때도 마찬가지다. 무턱대고 짐만 빨리 싸면 수월해 보인다. 그런데 새로 이사한 집에 도착해서 짐을 풀면 사정은 달라진다. 많은 가구를 여기에 놓을지 저기에 놓을지 몰라 우왕좌왕하다 시간만 보낸다. 들었다 놓았다 하면서 여기저기로 옮기느라 그야말로 팔다리가 고생한다.

먼저 가구를 재고 이사할 집의 구조도 미리 크기를 알아둬 가구를 배치해본다. 축소한 가구 크기로 종이 모형을 만들어 모눈종이에 앉혀가며 공간을 적절하게 안배한다. 시간이 걸리지만 이사하는 날 곧바로 제자리에 둘 수 있기 때문에 고생하지 않는다.

책 한 권은 몇 백 쪽에 이른다. 책 두께를 결정하는 건 내용이겠지만 판형, 편집에 따라 쪽수가 달라진다. 대개 원고지 1000매 내외를 기준으로 삼으면 된다. 도대체 이 많은 원고를 어떻게 써야 할지 막막하다. 하지만 방법이 있다. 꼭지별로 미리 쓸 분량을 계산하고 하나씩 작업해나가면 의외로 만만한 작업으로 바뀐다.

5분 정도 말하는 분량이면 원고지로 대략 8~10매다. 말의 빠르기에 따라 다소 차이가 있겠으나 5분 스피치의 경우 원고지 10매를 기준으로 삼으니까 스마트폰에 있는 타이머를 사용해 시간을 재보면 원고량을 짐작할 수 있다.

처음 책을 내는 사람은 200자 원고지 한 장을 채우기도 쉽지 않을 테니까 일단 자신에게 말해보면서 원고 분량을 가늠해볼 수 있다. 처음에는 시간을 정해놓지 않고 이야기를 한다. 익숙해지면 지간을 재본다.

나는 글이 막히면 쓰려는 내용을 혼자 이야기한다. 내 앞에 사람이 있다고 가정하고 말하면 의외로 막힌 부분이 풀린다. 신문이나 잡지에 칼럼을 연재할 때 보통 8~15매를 쓴다. 이 내용을 써야겠다, 하고 마음먹으면 대부분 곧바로 쓰는데, 가끔 막히면 쓰고자 하는 내용을 혼자 중얼거린다. 그러다 보면 신기하게도 쉽게 풀린다. 글이 막힐 때마다 이 방법은 효과를 보았다.

A4 용지에 글자 크기는 10포인트, 행간은 160으로 작업할 때 41줄이다. A4 한 장은 원고지 8매 내외다. 대화가 많을 때는 7매, 대화가 적절할 때는 8매, 대화가 전혀 없을 때는 9매까지 늘어난다. 8매를 기준으로 원고지 800매를 작업한다면 A4 용지로 100장이다. 1000매

일 때는 125장으로 늘어난다. 한 장도 쓰기 힘든데 100장에서 125장이나? 하고 지레 겁먹지 마라. 이 분량을 또 나눈다.

예를 들어보겠다.

편의상 각 꼭지가 50개 일 때 전체 분량을 계산해보는 방법이다.

50(꼭지)×15(매)=750매

50(꼭지)×17.5(매)=875매

50(꼭지)×20(매)=1000매

한 꼭지 분량을 왜 15매로 잡았을까, 하는 의문이 든다면 당신은 예리한 사람이다. 칼럼이나 에세이는 대개 15매 내외로 쓴다. 이 정도 분량이 읽는 데 부담도 적고 무리가 없기 때문이다. 잡지나 사보 같은 경우는 편집하기에 적당한 매수다. 15매로 기승전결을 펼쳐나가는 데 무난해서 관습으로 굳은 것 같다.

처음 글을 쓰는 사람은 원고지 한 장을 채우려면 버거울 수 있다. 더군다나 원고지 800매나 1000매를 써야 한다면 엄두가 나지 않겠지만 15장으로 줄어든다면 그나마 마음이 가벼워지지 않을까.

60꼭지 일 때도 똑같은 방법으로 미리 계산해두면 편리하다.

60(꼭지)×15(매)=900매

60(꼭지)×17.5(매)=1050매

60(꼭지)×20(매)=1200매

2부 쓰는 방법만 알면 술술 풀린다

꼭지가 늘어날수록 원고 분량도 늘고 꼭지가 줄어들면 원고 분량도 줄어든다.

이런 식으로 기준을 정해두면 글 쓰는 데 마음이 한결 가벼워진다. 한 꼭지 분량을 15매에서 20매로 잡으면 여러모로 편리하다. 그 안에서 마음껏 쓰면 된다. 호흡이 긴 내용이면 20매로, 호흡이 짧은 경우는 15매로 작업해나간다.

그렇다고 이 원칙을 지키려고 무리하게 할 필요는 없다. 꼭지에 따라 12매로도 충분한 경우도 있고, 25매 이상으로 늘어나기도 한다. 원고가 짧거나 길다고 해서 걱정하지 마라. 나중에 교정하는 과정에서 조절이 가능하다. 최소한 세 번 정도는 교정 교열을 하므로 이때 다듬으면 된다.

그림이나 사진, 도표가 들어가는 경우에는 지면이 늘어날 수 있다. 꼭지가 8매일 때도 있고 30매가 될 수도 있지만 기본적인 기준을 정해두라는 말이다.

원고 분량을 알아내는 방법은 한글hwp 프로그램을 사용하는 경우, 도구상자에서 [파일] → [문서정보] → [문서통계]에 들어가면 된다. F10을 눌러 [문서정보] → [문서통계]를 클릭해도 원고 분량을 알 수 있다. 공백도 글자로 인식하므로 문장 마지막 단어에서 스페이스바를 사용하지 말고 끝내도록 한다.

자, 이제 꼭지마다 파일도 만들어두었고, 원고량도 가늠해보았다. 하나씩 파일을 열어 드디어 글쓰기를 할 차례다. 중간에 쓰고 싶었던 욕구를 맘껏 발산하면 된다. 글 쓰는 기쁨을 누리는 일만 남았다.

집에서 생활하다 보면 이런저런 불편함을 느낀다. 스위치를 왜 여기에 달았지? 창문을 왼쪽으로 조금 옮겨 만들었으면 좋을 텐데, 양변기를 벽에서 한 뼘 정도만 여유를 두었으면 좋았을걸. 사사로운 부분부터 중대한 곳까지 아쉬운 마음이 든다.

전기는 어느 집을 가봐도 사정이 비슷하다. 아파트는 대부분 입식 생활이 기본이다. 좌식에서 입식으로 바뀐 지가 언젠데 아직도 전기 코드는 좌식 생활을 기준으로 낮게 만들어서 불편하다. 사용할 때마다 일일이 고개를 숙이고, 냉장고나 밥솥 같은 주방 전기용품도 쓰려면 몸을 낮춰야 한다.

요상한 곳에 스위치를 만들어놓은 경우도 보았다. 문 뒤쪽 벽에, 그것도 꽤 떨어진 곳에 스위치를 만들어서 쓸 때마다 엄청 불편하다. 밤이면 문을 열고 들어가 한참 더듬어서야 겨우 스위치를 찾을 수 있다. 설계를 잘못해서 벌어진 결과다. 전기 작업을 할 때 일하기 편하게 전기선을 만들어서 쓸 때마다 불편하기 짝이 없다.

책쓰기는 집 짓는 것과 마찬가지라고 강조했다. 설계를 꼼꼼하게 해놓으면 집을 지을 때 우왕좌왕하지도 않고, 살면서도 불편함이 줄어든다. 집을 짓는다는 마음으로 다시 한 번 자신의 책 설계를 점검해보자.

이 책의 안내에 따라 얼개도 짰고, 얼개에 따른 분류도 해서 꼭지별로 나누어 파일까지 만들었다. 하지만 막상 쓰려고 파일을 열었는데 뭔지 모르게 찜찜하고 막막하다. 얼개를 나눌 때만 해도 빨리 쓰고 싶던 열망이 어디론가 슬그머니 사라져버린 기분이다.

원고 구성을 하면서 들어갈 내용을 메모해두기도 하고, 요약해서 준비해둔 단어들도 있는데 생각만큼 글이 나가지 않는다. 썼다 지웠다만 반복하고 있다. 이 파일, 저 파일 열었다 닫았다 한다. 어? 이렇게 해두면 글이 저절로 술술 풀린다고 하지 않았나? 의심까지 생긴다.

왜 이런 현상이 생기는지 의아하다. 제목에 연연하지 말라고 해도 폴더에 있는 각 꼭지별 제목이 눈에 자꾸 거슬려서 그렇다. 막상 쓰려고 파일을 열면 첫 줄에 임시로 제목을 삼은 단어나 문장이 마음을 어지럽혀서 벌어지는 현상이다.

이때는 눈 선생을 불러오면 걱정이 수그러든다. 앞서 「처음부터 제목에 연연하지 마라」에서 다른 책은 어떻게 제목을 정했는지 참고해보라고 했다. 이럴 때는 다른 책을 참고한다. 어떤 책은 제목과 차례만 보아도 무슨 책인지 한눈에 알아볼 수 있고, 읽고 싶도록 눈길을 끈다고 앞에서 설명했다.

자신이 쓸 주제가 서점에 없으면 유사서를 참고하면 된다. 어떤 제목으로 나누고 묶었는지 살펴보고 궁리하면서 자신의 차례와 비교한다. 또 인터넷 서점에 들어가 검색하면 책 정보가 자세히 나와 있다. 책 소개와 지은이 소개, 차례는 물론이고 상세 이미지나 출판사 리뷰와 책 속 문장, 독자 리뷰까지 정보가 많다.

지금부터는 독자의 눈이 아니라 저자의 눈으로 면밀히 검토해보자. 특히 차례를 눈여겨보라. 참고할 필요가 있는 차례는 복사해서 보기 좋게 정리해둔다. 어떤가? 일목요연하게 정리가 잘돼 있고, 읽고 싶게 제목을 단계별로 잘 지어놓은 것을 알 수 있는가. 사고 싶을 만큼 호기심과 궁금증을 불러일으키는가.

몇 개의 큰 장이나 부로 나누고 그 아래 소제목들을 몇 개씩 두었다. 여러 꼭지들을 모아서 장으로 묶어놓은 것을 알 수 있다. 적게는 5~6개, 많게는 그 이상인 것도 있다. 다른 책의 차례를 눈여겨보며 공부해두면 차례를 어떤 식으로 정했는지 안목이 생긴다. 차례의 흐름을 탐색해볼 수 있다.

이제 자신이 정해둔 각 꼭지 제목들을 살펴보며 비교해보자. 어떤 제목이 좋을지 아이디어가 떠오르기도 하고, 간혹 순서를 바꾸기도 한다. 전체적인 윤곽을 보며 차례를 다듬어라. 이런 과정을 거치면서 더 탄탄하게 순서를 정리해나갈 수 있다. 설계를 더욱 견고히 하는 작업이다.

참고한 차례를 이번에는 저자의 눈에서 다시 독자의 시각으로 다듬어라. 저자의 눈과 독자의 눈이 일치하도록 노력해보라. 저자가 주고자 하는 내용과 독자의 기대치가 가깝도록 고민해보라. 잘 팔리고 있는 책을 참고서로 삼아 어떤 점이 독자들에게 사랑받는지 시장조

 2부 쓰는 방법만 알면 술술 풀린다

사를 꼼꼼하게 하라.

　글쓰기 전에 설계를 지나치다 싶으리만치 검토하고 또 검토하라. 더 이상 손볼 곳이 없다는 판단이 들 때 원고 작업에 박차를 가하면 될 일이다. 앞에서 수고를 해놓으면 뒤가 탄탄하다. 차례는 집 설계라는 점을 잊지 마라. 설계를 완벽하게 했다고 해도 현장에서 예기치 않게 변경하는 경우가 벌어진다.

　책쓰기도 마찬가지다. 쓰다 보면 수정할 일이 생긴다. 수정은 그때 가서 하면 된다. 처음부터 나중에 하지, 하는 마음을 먹지 말라는 말이다.

원고 한 꼭지 완성하는 방법

시작만 하면 반은 먹고 들어간다. 그러니까 망설이지 말고 일단 써보자. 이는 글쓰기를 가르치는 사람들이 공통으로 강조하는 말이다. 그러면 어떻게 쓸까? 또 많은 사람들이 하는 말이 있다. '말하듯이' 쓰라고 한다. 마치 앞에 사람이 있다고, 누군가에게 이야기한다고 상상하면서 쓰라는 말이다.

이오덕의 『우리글 바로쓰기 2』(68쪽, 한길사 1995년)에서 '입말과 글말'을 강조했다. '글은 쉽게 읽어서 알 수 있도록 써야 한다. 그런 글을 쓰자면 될 수 있는 대로 입으로 하는 말을 그대로 쓰는 것이 좋다. 낱말도 말법도 입말을 살려서 쓰는 것이 가장 미덥다'고 했다. 이어서 '남의 글을 읽을 때도 좀 말이 어렵거나 이상하게 되어 있으면 글에서만 쓰는 말이 되어서 그러니 입말로 고쳐볼 필요가 있다. 물론 입말조차 잘못된 것이 있기는 하다. 같은 입말도 더 쉬운 것이 우리말이다'라고 하는데 이 말은 종종 효과를 본다.

이와 반대 관점도 있다. 사이토 다카시의 『원고지 10장을 쓰는 힘』(루비박스 2005년)에서는 구어와 문어의 차이점을 들어 '말하듯이' 쓰는 걸 바람직하지 않다고 했다. 어느 정도 일리 있는 주장이다. 하지만 나는 구어로 쓰길 권한다. 특히 처음 쓰는 사람은 '말하듯이' 쓰기를 권한다. 말하듯이 쓰고 난 뒤에 교정하면서 얼마든지 고쳐볼 수 있다.

이 책을 읽는 독자 중에 책쓰기에 도전한 사람은 이미 수없이 이야기를 했으리라. 지인들에게도 이야기하고, 자신에게도 말하며 줄거리를 잡았다. 이제는 실제 글을 쓸 차례다. 글을 쓴다는 두려움을 잠재우고 '말하듯이' 쓰라. 이 말을 믿고 써보라. 이야기한 그대로 쓰면 된다.

입말체는 글과 달리 독특한 매력이 있다. 똑같은 내용도 글말체로 쓰면 어딘지 거리감을 느끼지만 입말체로 쓰면 생동감이 넘친다. 그러면 읽는 사람은 상상하게 되고, 그 상황이 그림처럼 떠올라 확실히 머릿속에 들어온다. 이 책도 가능하면 입말체로 쓰려고 노력했다. 다음은 입말체와 글말체가 두드러진 예다.

입말체로 쓴 예

주변에 말하다 보면 상대도 알고 있다고 지레 단정한다. 이를 테면, 알고 보니까 맹지더라고, 마음에 딱 드는데 맹지지 뭐야, 아무렇지도 않게 맹지를 소개하고 말이야, 맹지가 어찌나 많던지, 하는 식이다. 듣고 있던 이가 그런데 맹지가 뭐예요? 하고 묻기에 정신을 차렸다.

글말체로 쓴 예

시골 땅은 맹지가 흔하다. 오래전부터 그런 상태로 살아와서 아무도 문제 삼지 않는다. 따라서 부동산도 소개할 때 맹지라는 사실을 구태여 말하지 않는다. 주변에 시골집을 구한 경험을 이야기할 때 이런 부분을 상대도 알고 있다고 여겨 넘어가기 일쑤다. 맹지는 반드시 설명해야 한다.

—「책이 탄생하는 확실한 이유」편에서

어떤가. 어떤 문장이 기억에 오래 남을까. 입말체는 옆에서 말하는 것처럼 느낀다. 그래서 교과서에서 배운 역사 이야기는 쉽게 잊어버리지만 소설로 읽은 역사 이야기는 오랫동안 감동으로 남는다.

천 리 길도 한 걸음부터다. 지금부터는 '무조건' 시작하는 게 중요하다. 용기를 내서 한 줄을 쓰고 나면 다음은 두 줄을 쓸 차례다. 정 안 되면 하다못해 지금부터 내가 하려고 하는 말이 뭐냐면, 하고 시작하라. 시작했으면 어떡하든 4줄을 완성하라. 무조건 4줄을 써보려고 노력하라.

처음부터 잘 쓰려고 하면 힘들다. 잘 쓰려고 하는 것보다 일단 써내려가는 게 중요하다. 책 한 권 분량은 200자 원고지로 적게는 500매도 있지만 대게 1000매 내외다. 이 많은 분량을 나누어서 꼭지당 15매에서 20매까지 쪼갰다. 그리고 다시 4줄을 목표로 삼는다. 4줄이 모여 책 한 권이 탄생한다고 생각하라. 800매나 1000매를 써야 한다는 중압감이 15매로, 다시 4줄로 줄었다.

4줄을 쓰면 200자 원고지 한 장 정도다. 4줄로 한 단락을 완성하겠다는 마음으로 꾸준히 연습하면 글 쓰는 호흡을 이어가는 데 편리하다. 처음에는 쉽지 않다. 무조건 써 내려가는 게 중요하다. 꼭 4줄이 아니더라도 단락이 끝나면 망설이지 말고 다음으로 넘어가라. 그것이 5줄일 때도 있고, 7줄일 때도 있다. 그래도 그냥 넘어가라.

4줄을 쓰면 자신감이 조금 생긴다. 막막하던 기분도 조금씩 사라지고 시작할 수 있다. 시작했다는 믿음이 중요하기 때문에 4줄의 마력은 의외로 크다. 4줄을 썼으면 단락을 끝내고 행간을 바꿔라. 과감하게 엔터를 쳐라.

이런 식으로 써나가면 한 화면에서 끝까지 작업했을 때 10개쯤 단락이 생긴다. 4줄이 넘는 단락이 더러 있다면 10개의 단락은 8개나 7개로 줄어든다. A4 용지에 41줄까지 다 썼으면 원고지 8매 내외 분량이다. 한 꼭지를 15매로 잡았다면 7매만 더 쓰면 한 꼭지를 완성하는 셈이다.

처음부터 15매를 쓴다고 마음먹거나 20매를 써야 하는데, 하면 부담이 될 수도 있다. 그러나 이렇게 한 줄씩 쓰면서 4줄만, 하고 마음먹으면 어느새 단락이 늘어난다. 4줄을 써서 한 단락씩 마무리 지으면 무겁던 마음도 가벼워진다. 엔터를 칠 때면 자신감도 생긴다. 신기한 경험이다.

이때 한 단락 4줄에는 한 가지 내용이나 상황을, 한 가지 묘사를 담아라. 한 단락을 4줄로 완성하는 연습을 하라. 이 훈련을 꾸준히 하라. 이 과정을 거치면 늘어지는 문장을 요약하는 힘도 키우고, 내용이 부족한 부분은 세밀하게 표현하는 능력도 생긴다. 바로 4줄의 힘이다!

책을 만들거나 신문, 잡지에 보내려고 쓴 글이 넘치거나 모자랄 때 4줄의 힘은 이때도 발휘한다. 어떻게 줄이지? 어떻게 채우지? 하는 고민에서 쉽게 해결할 수 있는 방법이다. 그나마 덜 중요한 단락을 삭제한다. 심지어는 아무 단락이나 삭제해도 다음으로 넘어갈 때 어색한 부분이 거의 없다.

왜냐하면 한 단락에는 한 가지 상황만 들어갔기 때문에 삭제한 단락이 없어도 비교적 자연스럽다. 어색한 부분이 있다면 그 부분만 손보면 된다. 아니면 두 단락을 정리해서 한 단락으로, 바로 4줄을 만들어도 문맥이 자연스럽다. 물론 처음에는 쉽지 않겠지만 연습하다 보면 눈보다 먼저 손이 익는다.

지금 읽고 있는 「원고 한 꼭지 완성하는 방법」을 실험 삼아 해보라. 이 중에 한 단락이 없다고 해도 별 무리가 없다. 줄여야 할 때 비교적 덜 중요하다고 여기는 단락을 과감하게 삭제하라. 딱 4줄이다. 그래도 큰 무리 없이 읽힌다. 이게 바로 4줄의 두 번째 힘이다! 모자랄 때는 당연히 4줄씩 이끌어가며 채우면 된다.

그다음에는 한 꼭지에 한 가지 이야기만 담아라. 예를 들어 시금치나물에 대해 쓸 생각이면 시금치에 대한 것만 쓴다. 시금치나물에 밥알이나 생선 부스러기가 일부 담겨 있다면 먹는 건 고사하고 보기에도 지저분하다. 그러니까 여기에는 오직 시금치 이야기만 담는다는 말이다.

그런데 이야기가 다른 곳으로 빠질 수 있다. 이럴 때는 한 꼭지에 한 가지만, 하는 말을 떠올려라. 자신이 하려고 한 주제와 벗어나지 않았는지 살펴라. 그러면 다른 이야기로 가려다가도 제자리를 찾을 수 있다. 앞에서 사람들에게 말하면서, 또 자신에게 말하면서 줄거리를 잡아나갔기 때문에 무슨 말인지 충분히 공감하리라.

한 꼭지에는 한 가지 이야기만 담는 습관을 들여라. 이는 주제를 정하는 데도 필요하다. 모란시장에 대해 15매를 쓴다면 꼭 하고자 하는 이야기를 15매에 담는다. 그런데 모란시장에 가려고 나서다가 구두를 찾는 이야기며, 대문 앞에서 이웃집 주민을 만나 나눈 이야기까지 다 하다 보면 정작 모란시장이 나오기까지 너무 먼 여정이다.

결국에는 모란시장 이야기를 쓰기도 전에 15매가 다 끝나버리거나 이미 10매 가까이 채워졌다면 나머지 5매로 모란시장에 대해 무

  2부 쓰는 방법만 알면 술술 풀린다

슨 이야기를 할 수 있겠는가. 독자는 구두 이야기가 장황하게 나오고, 이웃의 내밀한 사연까지 읽다 보면 정작 모란시장에 대해서는 잊어버리고 만다.

4줄씩 써서 한 단락을 완성하도록 연습하라.

한 꼭지에는 한 가지 이야기만 담아라.

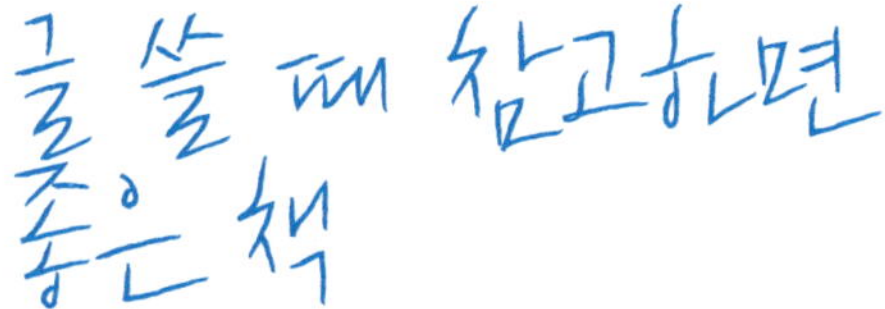

이제는 4줄씩 써서 한 꼭지를 완성해나가는 데 조금씩 속도가 난다. 마침내 한 꼭지를 완성하고 나면 어딘지 뿌듯한 마음도 들고, 한편으로는 더 많이 남은 꼭지를 언제 다 완성하나, 하는 부담이 남는다. 나머지도 4줄씩만 써나간다고 생각하라. 한 꼭지를 완성하는 힘은 4줄이다.

이번에는 바른 글쓰기다. 이 문제는 나도 어렵다. 내용이 충실하면 맞춤법이나 어색한 문장은 출판사에서 교정해주니까 걱정하지 않아도 된다. 하지만 이왕이면 그 수고를 조금이라도 덜어낼 수 있다면 저자로서 부끄러움을 얼마쯤 잠재울 수 있다. 시뻘건 교정부호로 빼곡한 교정지를 받는다면 기분이 어떨까. 사실 처음부터 말하듯이 원고를 썼다면 그다지 걱정하지 않아도 된다.

그런데 책을 읽다 보면 과거시제, 수동태, 일본어 투, 한자어, 영어식 표현으로 쓴 글을 많이 본다. 이렇게 잘못된 글을 볼 때마다 머릿속에 쥐가 돌아다닌다. 이런 책을 읽을 때면 일일이 교정하면서 보느라 수고를 한다. 그러다가 비교적 깨끗한 문장을 보면 저자와 출판사를 다시 본다. 반갑기도 하고 감사한 마음이 들기 때문이다.

눈으로 교정까지 해가며 읽는 일이 왜 벌어질까. 많은 책에서 오랫동안 이렇게 써왔고, 그런 책들을 별 비판 없이 읽어왔기 때문이다. 책뿐만 아니라 신문과 방송도 마찬가지다. 이런 식으로 하도 보고 들어서 익숙해져버린 탓도 있다. 말하듯이 쓰면 웬만해서 이런 오류가 생기지 않는다.

우리말이나 글쓰기를 바로잡는 교정 교열 책은 상당히 많다. 어떤 책은 틀리기 쉬운 단어를 바로잡는 내용인데 읽다가 숨이 막혔다. 틀리기 쉬운 단어에만 열중하느라 그랬는지 곳곳에 과거시제, 수동태, 일본어 투, 영어식 표현이 가득해 이것 역시 아는 만큼 일일이 교정해가며 공부했다. 안타까움을 넘어 한심하다.

일상생활에서는 이런 말투를 잘 쓰지 않는다. 그런데도 방송에서 잘못된 표현을 흔히 사용하는 까닭은 원고를 보면서 말하거나 원고 그대로 외워서 말하기 때문이다. 그러다가 습관이 되었는지도 모른다.

 2부 쓰는 방법만 알면 술술 풀린다

몇 가지 예를 들어보겠다. '한다, 했다, 것이다'로 끝나는 문장을 '했었다, 것이었다'로 쓰거나 심지어는 여자였다, 하거나 아버지였다, 하는 식으로 쓴 경우도 더러 있다. 아버지였다니? 그럼 지금은 아버지가 아니란 말인가. 그냥 아버지다, 해야 할 것을 과거시제로 써서 이상한 글로 만든다. 아버지가 과거에 어떠어떠했다고 말하면서 아버지였다고 하지 않는다. 근데 알고 보니까 아버지야, 아버지더라고, 아버지지 뭐야, 하고 말한다.

마찬가지로 집을 짓고, 집을 지어서, 집을 지었는데, 하고 말한다. 그런데 집이 지어지고, 지어진 집, 하는 식으로 수동태를 쓴다. 사용한다는 사용된다로, 사용해서도 사용돼서로 쓰거나 말한다. 신문사나 잡지사, 출판사에 원고를 보내면 흔히 수동태와 과거시제로 교정해놓아 기겁하게 만든다.

잘못 만든 책은 바꿔 드립니다. 이렇게 써야 한다. 그런데 잘못 만들어진 책은 바꿔 드립니다, 하고 수동태를 쓴 출판사도 꽤 있다. 잘못 만들어진 책? 이러면 책이 스스로 잘못 만들었다는 말이 된다.

이오덕의 『우리글 바로쓰기』와 이수열의 『우리말 바로쓰기』에서도 수동태와 과거시제를 무분별하게 쓴다고 지적했다. 스티븐 킹의 『유혹하는 글쓰기』에서도 수동태를 꼬집었다. 이 책은 문장뿐만 아니라 자신의 책쓰기 과정을 이야기하듯 써서 몇 번을 읽어도 지루하지 않다.

무슨무슨 행사를 열고, 해야 하는데 무슨무슨 행사를 가지고, 하는 영어식 표현도 흔하게 본다. 키를 가지고 있다, 동기를 가지고 있다고 한다. 의미가 있다도 의미를 가지고 있다고 쓴다. 이렇게 말하는 경우가 있을까. 의미 있어, 의미가 있지만, 의미가 있어도, 하며 말한다. 의미를 가지고 있는데, 의미를 가져서, 하고 말하지 않는다. 유독 글을 쓰면서 이상하게 쓴다.

심지어는 희망이나 꿈도 가지고 있다고 한다. 꿈을 가지다니, 꿈이 있다, 희망이 있다고 말한다. 꿈을 품는다거나 꿈을 세우고, 꿈꿔온 일이라고 말하는데 여기저기서 가진다고 쓴다. 나도 이렇게 쓴 적이 있다. 그 문구가 떠오를 때마다 부끄럽다. 꿈을 가진다는 표현은 이제 대중적으로 굳어버렸다. 안타까운 일이다.

'및'이라는 단어도 전혀 쓰지 않는 말이다. 그런데 글에서 종종 본다. '원고 투고와 문의'라고 할 것을 '원고 투고 및 문의'라고 한다. 일상생활에서 '및'이라는 단어를 쓸까? 아마 한 번도 써본 적이 없을 거다. 행사장에서도 더러 이런 단어를 듣는다. 말하는 당사자도 어색한지 써온 원고를 읽어나가다가 '및'이라는 단어는 한 박자 쉬고 읽는다.

몇 년 전부터 사물에 존칭을 하는 이상한 말투까지 생겨서 혼란스럽다. 잔돈 여기 있으십니다, 카페라떼 나오셨습니다, 한다. 처음 이 말을 들었을 때는 몹시 낯설어서 바로 알아듣지 못했다. 이렇게 사물에 존칭을 붙여 잘못 쓰는 말투는 대체 어디서 왔을까. 엉터리 높임말과 과도한 존칭 사용을 자정하자는 유통업계의 노력에도 불구하고 여전히 쓰고 있다.

그래서 말하듯이 쓰는 습관을 들이고, 글을 쓰고 난 뒤에는 소리 내서 읽어볼 필요가 있다. 소리 내서 읽으면 매끄럽게 술술 읽히는 글

     2부 쓰는 방법만 알면 술술 풀린다

이 있고 어딘가 막히는 글이 있다. 혀가 꼬이는 듯한 느낌이 드는 글도 잘못 써서 그렇다. 이럴 때는 그 문장을 머릿속에 담아두고 말해본다. 말한 뒤에 글로 옮기면 어디가 꼬였는지 알 수 있다.

나는 『우리글 바로쓰기』와 『우리 문장 쓰기』, 『우리말 바로쓰기』를 교과서 삼아 글쓰기를 해왔다. 힘들어도 이것만 익히면 글 쓰는 데 자신감이 생긴다. 글쓰기에 필요한 책이므로 이 책을 읽는 독자는 교과서로 삼길 권한다. 『유혹하는 글쓰기』도 탐독하길 바란다.

또 국립국어원(http://www.korean.go.kr)에서 찾기도 하고 부산대학교에서 제공하는 한글맞춤법검사기(http://speller.cs.pusan.ac.kr)를 사용해 맞춤법을 잡을 수 있다. 각종 포털 사이트에서도 한글맞춤법검사기를 제공해서 한결 편리하다. 궁금한 단어나 문장을 써 넣으면 올바른 표기를 알려주고, 맞춤법도 설명해주므로 도움을 얻을 수 있다.

아무리 맛있는 밥이라도 돌이나 뉘가 가득하다면 먹을 수 없다. 그래서 이물질은 골라내고 밥을 지어야 한다. 문장도 밥 짓는 일과 다르지 않다. 처음 글 쓰는 사람이 문장에서 돌이나 뉘를 골라내며 쓰기란 쉽지 않다. 아예 이런 일이 덜 생기도록 처음부터 말하듯이 쓰는 습관을 들여야 한다. 그래야 혹여 어색하더라도 나중에 수정하는 수고를 줄일 수 있다.

책쓰기를 위한 글쓰기는 어떻게 해야 하는지는 앞에서 충분히 말했다. 이외에도 좋은 문장을 쓰는 방법을 안내한 책도 있고, 첫 문장을 어떻게 쓰면 좋을지 알려주는 책도 있다. 자신의 글쓰기에 필요한 책을 찾아 공부하길 바란다. 이쯤에서 교정할 때 주의할 점으로 넘어가겠다.

교정할 때 주의할 점

4줄씩 써서 한 꼭지를 완성하고, 이 과정을 거쳐 책 한 권 쓰기를 드디어 마쳤다. 몇 달이 걸린 긴 여정이다. 스스로 대견할 것이다. 이제는 교정할 차례다. 작가에 따라서 며칠 휴식을 취하거나 다른 일을 해서 머릿속을 비워둔 뒤에 교정한다고 한다. 나는 이틀 정도 쉰 뒤에 두 번 교정하고 일주일 이상 지난 뒤에 마지막 3교를 할 때도 있고, 일주일 이상 원고를 묵힌 뒤에 교정하기도 한다. 어떤 작가는 동시에 책을 여러 권 쓰는 이도 있다고 하는데 대단하다. 어떤 방법으로 하든지 자신이 하고 싶은 대로 하면 된다.

이때 초보자가 일반적으로 하는 실수가 있다. 완성한 원고로 교정하면 안 된다. 이렇게 하면 먼저 작업한 원고를 잃어버리기 때문에 나

2부 쓰는 방법만 알면 술술 풀린다

중에 원본을 확인하고 싶을 때 후회하게 된다.

교정할 폴더를 새로 만들어라

완성한 폴더 자체를 통째로 복사해서 제목과 함께 '2교'라고 써둔다. 이 파일로 교정하면 뒤늦게 아차, 할 일이 생기지 않는다. 원문 확인이 필요하면 1교 폴더를 열어 필요한 부분을 가져다 쓰거나 비교해볼 수 있다. 교정할 때마다 2교, 3교, 4교, 폴더를 만들어 작업한다.

교정할 때는 맞춤법은 물론이고 띄어쓰기를 할 때도 주의해야 한다. 키보드의 스페이스 바를 두 번 쳐서 띄어쓰기를 두 자간 이상 벌려놓는 경우다. 책에서도 간혹 본다. 조금만 주의를 기울이면 되는데 아쉽다. 특히 문장이 맨 끝으로 끝나면 다음 단어와 맞게 띄어쓰기를 했는지 눈으로는 알 수 없다. 이때는 맨 끝 바로 앞 단어에 커서를 대서 엔터를 치면 띄어쓰기를 제대로 했는지, 줄을 제대로 바꿨는지 알 수 있다.

교열도 해야 한다

교정은 글자의 오탈자를 바로잡는 일이고, 교열은 문장이나 내용을 문맥에 맞게 고치는 것이다. 문맥이 맞지 않는 문장을 비문이라고 한다. 문법에 맞지 않는 문장을 말한다.

자신이 경험한 일이라 해도 내용이 맞는지 확인해야 한다. 그 당시에는 빨간색으로 알고 있었는데 나중에 주황색이나 파란색이라는 사실을 알았으면 그 내용도 쓰면 되는데, 계속 빨간색으로 알고 글을 쓴다면 그릇된 정보를 제공하는 셈이다. 그래서 교열할 때는 원고 내용도 점검하여 바로잡아야 한다. 인터넷 검색이나 전문가에게 문의해서 정확히 알아보고 고친다.

글을 쓰다 보면 자료가 필요할 때가 있다. 요즘은 인터넷으로 원하는 정보를 쉽게 검색해볼 수 있다. 각종 사전도 있고 백과사전이나 용어 해설집과 역사 기록물도 찾아볼 수 있다.

| 소리 내서 읽어보라

초보일수록 원고를 다 쓰고 난 뒤에 반드시 소리 내서 읽어보라. 소리 내서 읽으면 어색하거나 반복해서 쓴 단어, 흐름이 매끄럽지 않고 뭔가 막히는 부분을 알아차리게 된다. 눈으로 훑듯이 교정하면 놓치는 부분이 틀림없이 생긴다. 오죽하면 교정은 가을날 낙엽 쓸어내는 일과 같다고 했을까. 한 문장씩 소리 내서 읽으면 눈으로 교정할 때 지나친 부분을 잡아낼 수 있다.

| 원고 흐름을 디자인하라

무슨 말인가 하면, 가독성을 염두에 두고 행간 조절을 하라는 말이다. 4줄이나 5줄을 규칙적으로 단락을 지었다면 무리가 없다. 지금 바로 아무 책이나 펼쳐보라. 한쪽 면이 전부 빡빡하게 글자들로 채워져 있다면 답답해 보인다. 중간 중간 적당히 여백이 있는 책이 아무래도 가독성이 높다.

한 가지 더 욕심을 낸다면, 문장 중간에 세로로 주르륵 비어서 구멍이 생겨 물길이 난 것처럼 보이지 않도록 단어 조절을 하는 요령도 필요하다. 어떤 책은 7줄이나 주르륵 세로로 공간을 빈 채로 둬서 보기 흉하다. 시각적으로 구멍이 난 면적으로 보여 눈에 거슬린다. 또 마침표가 점점이 세로로 5줄 이상 찍힌 경우도 있다. 단어 하나만 바꾸어도 이런 현상은 없앨 수 있다.

내용과 마찬가지로 시각적인 편안함도 가독성에 영향을 준다. 본문 편집에 디자인 요소를 고려하면 좋을 텐데 이런 부분까지 받아들이는 편집자는 드물다. 단락마다 문장 길이를 조절해 끝부분에 여백을 두면 쉬는 구석이 생겨 가독성을 높일 수 있다.

전체 원고를 하나로 묶어라

한 꼭지씩 교정 교열을 마친 후 마지막에는 전체 원고를 하나의 문서에 담아라. 한 꼭지씩 열어보는 수고를 덜 수 있다. 나는 전체 원고를 만든 후에 3교를 해왔다. 그러니까 총 6교를 한 후에 출판사에 원고를 보내는 셈이다.

차례는 가능하면 문장 길이를 맞춰라

쉽지 않은 부분이다. 여기에 운율까지 맞춘다면 금상첨화겠지만 뜻대로 되지 않는다. 그래도 공을 들여야 한다. 물론 출판사에서도 책 제목과 마찬가지로 매우 고심하는 부분이다. 독자들에게 흥미를 불러일으키는 매력적인 제목을 짓느라 고민한다. 너무 길면 한 줄로 맞춰 싣는 데 무리가 있을 테고, 너무 짧으면 내용 전달에 어려움이 있다. 적당히 길이를 맞추는 노력이 필요하다.

| 책 제목은 매우 중요하다

제목만 바꿔서 인기를 끈 책들도 많다. 저자 못지않게 편집자들은 제목 때문에 스트레스를 많이 받는다. 저자는 원고 내용에 충실한 제목을 지으려고 하고, 편집자는 독자의 마음을 끌어당기는 제목을 지으려고 하기 때문에 시각차가 생긴다. 같은 말 같지만 다르다. 원고 내용에 맞는 제목과 트렌드에 맞는 제목을 놓고 의견을 좁혀나가다가 마음에 드는 제목이 나오면 다행이지만 의견이 팽팽히 맞서거나 양쪽 다 불만이라면 진통을 겪는다.

제목만 보고도 책을 읽고 싶게 만들어라, 매력적으로 지으라고 한다. 어떤 제목이 읽고 싶고, 매력적일까. 막막하기만 할 뿐 얼른 떠오르지 않는다. 이럴 때는 요즘 독자들을 매혹시키는 책 제목은 어떤 것이 있는지 시장조사를 해본다. 베스트셀러들은 어떤 공통점이 있는지 살펴본다.

또 본인이 내려고 하는 책과 유사하거나 같은 종류의 책은 어떤 것이 있는지, 독자들이 어떤 책을 선호하는지 시장조사를 한다. 사람들은 자신의 관심사를 인터넷 검색을 통해 찾는다. 그래서 검색어는 당시의 관심사나 유행을 반영한다. 제목도 마찬가지다. 검색어에 등장하지 않는 제목이라면 독자 호응도가 적을 거라는 예상이 가능하다. 실시간 검색어, 독자 트렌드, 유행하는 문화 현상을 눈여겨보고 제목을 지을 때 충분히 고려하도록 한다.

| 문의 사항을 메모하라

저작권이나 출판사에 문의할 내용, 제안할 파일을 따로 만들어둔다. 특히 내용 중에 다른 사람 글을 인용했거나 그림, 도표, 홈페이지 등을 사용했다면 저작권에 저촉하는 사항이므로 중요하다. 저자가 잘 알 수 없는 부분은 미리 정리해뒀다가 출판사에 문의한다. 저작권 사용 허가는 출판사에서 진행하므로 걱정하지 않아도 된다.

자, 여기까지 마쳤으면 이메일을 수집하는 방법을 알아볼 차례다. 드디어 이 책의 하이라이트인 출판사 이메일을 수집하는 방법을 알아보는 순서에 다가갔다.

책 제목 짓는 법

독자들이 인터넷으로 원하는 책을 검색하리란 사실을 염두에 두라. 가장 일반적인 검색어가 무엇일까를 고민하고 제목을 지으면 성공 확률이 높아진다.

예를 들어 이 책의 경우, 내 책을 내는 법, 책쓰기, 출간(출판)하는 법, 작가가 되려면, 같은 단어로 검색할 것이다. 나도 '책쓰기' 책을 이런 검색어를 통해 만났다. 그래서 책 제목을 『나도 작가다』로 정하고 책쓰기와 글쓰기를 부제로 넣도록 했다.

사람들의 궁금증을 풀어줄 핵심 단어를 검색어로 사용하면 어렵지 않게 만날 것이란 계산에서다. 인터넷 서점이든 포털 사이트든 책을 내려는 사람은 자신이 생각하는 단어를 넣으면 원하는 책을 쉽게 찾을 수 있다.

원고 파일 정리하는 법

원고 구성(차례)이 끝나면 한눈에 알아볼 수 있게 폴더를 만든다. 각 파일을 차례대로 나열하는데, 순번을 1-01, 1-02, 1-03 순으로 정하고 제목도 달아놓는다. 앞 번호 1, 2, 3…은 각 장 순서고, 01, 02, 03…은 각 꼭지를 말한다. 크기는 9KB부터 30KB까지 다양하다. 이 크기로 원고량을 가늠할 수 있다. 이렇게 꼭지별로 정리해두고 작업할 때는 꼭지를 늘리거나 두 꼭지를 하나로 합치면서 조절한다.

꼭지 제목이 떠오르지 않으면 01, 02, 03 식으로 순번만 써놓았다가 나중에 제목을 채워 넣는다. 제목은 나중에 편집 과정에서 달라질 때가 많다. 교정할 때는 이 폴더를 통째로 복사해서 〈2교 나도 작가 원고〉 폴더를 따로 만들어 교정하고, 나중에 〈3교 나도 작가 원고〉 폴더를 만들어서 3교를 본다.

마음을 사로잡는
한 장의 기획서

강력하고
명쾌하고
간결하게

출간기획서 쓰는 방법

지은이 소개 쓰기

기획서, 적재적소에 보내기

출판사가 원하는 저자

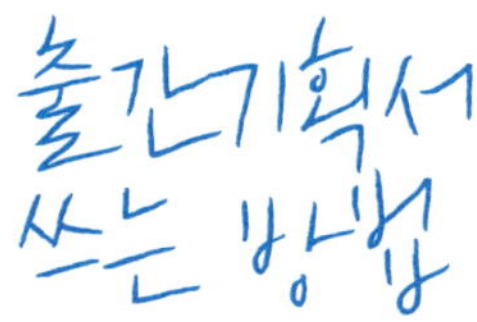 

출간기획서 쓰는 방법

출판 문의를 하려면 출간기획서를 써야 한다. 저자들은 이 부분을 힘들어한다. 여기에는 어떤 내용을 담아야 할까. 처음 쓰는 사람은 막막할 거다. 맨 위에 '출간기획서'라고 크게 쓰고 생각한 내용을 또박또박 쓰면 되나. 편지를 쓰듯 인사말을 적고, 하나하나 설명을 써 내려가면 될까.

기획서를 써본 경험이 있어도 출간기획서 앞에서는 책이라는 중압감 때문에 긴장한다. 굳이 이런 것까지 써야 하나, 하는 생각이 들지도 모른다. 나도 오랫동안 출간기획서 때문에 애먹었다. 시중에 나와 있는 기획서 쓰는 법에 대한 책을 읽어도 도움이 안 되었다. 원고만 보내면 좋을 텐데, 하는 생각을 떨치지 못했다.

생각을 바꾸면 이해할 수 있다. 출판사에서 그 많은 원고를 일일이 다 읽고 선별하기란 물리적으로 불가능하다. 직원이 많다고 해도 투고 원고를 읽고 판단하려면 과부하에 걸린다. 그래서 출간기획서가 필요하다는 생각을 겨우 한다. 그런데 이 작업이 생각만큼 쉽지 않다. 종일 화면만 바라보며 쩔쩔맨다.

궁리 끝에 되도록 짧게 쓰면 좋겠다고 여긴다. 문제는 몇 장으로 짧게 쓰느냐다. 또 어떤 내용을 담아야 하느냐다. A4 용지 한 장, 또는 2~3장 정도로 만들면 검토하는 시간을 대폭 줄일 수 있겠다고 생각한다. 여기까지 생각에 이르면 뭔가 빛이 보이는 기분이다. 내가 편집자라면, 하고 상상해본다. 그래도 여전히 안갯속이다.

그러다가 을유문화사에서 나온 패트릭 G. 라일러의 『강력하고 간결한 한 장의 기획서』로 공부한 일이 떠올랐다. 제목부터 눈길을 끄는 책이다. 1이라는 숫자를 크게 쓴 표지도 마음에 든다. 기획서를 한 장으로 만들 수 있다니! 그동안 이런저런 일을 하면서 기획서를 작성할 때 도움 받은 책이다.

그런데도 출간기획서만큼은 늘 어려웠다. 몇 장도 안 되는 출간기획서를 수없이 고치면서도 늘 어딘지 미심쩍고 불완전해 보였다. 단 몇 줄을 쓰는 데도 시간이 많이 걸렸다. 인터넷 서점에 들어가서 내가 쓴 책과 유사하거나 관련 있는 책을 참고해보았다. 책 소개와 출판사 리뷰를 살펴보면서 고민했다.

이렇게 쓰면 되겠구나, 하고 바로 모방은 창조의 어머니 길로 들어서는 사람이라면 출간기획서를 쓸 능력이 있는 사람이다. 하지만 아무리 흉내 내고 고심해봐도 출간기획서 근처에 가기 힘든 사람은 속만 탄다. 할 수 없이 책을 소개하는 정도로 연습 삼아 써볼까 맘먹어보지만 화면엔 커서만 깜박거릴 뿐이다.

그래도 뾰족한 묘책이 떠오르지 않으면 어떻게 해야 할까. 방법이 있다. 바로 앞서 「책이 탄생하는 확실한 이유」 편과 「내가 첫 독자다」를 거쳤으니 걱정할 필요가 없다. 주변에 이야기를 했고, 자신에게도 말한 내용을 상기해보라. 나도 오랫동안 출간기획서를 쓸 때마다 애먹었다. 주변 사람에게 이야기하는 과정을 거치면서 자연히 습득한 결과다.

이제는 출간기획서를 쓰는 일이 그다지 어렵지 않다. 자신감도 생기고 앞으로 어떤 책을 쓰든 출간기획서를 먼저 쓸 수 있을 정도로 발전했다. 출간기획서를 쓰기 위해서는 훈련이 필요하다. 자신의 책 내용을 5분에 맞춰 이야기를 해본다. 잘 안 되면 상대가 있다고 상상하고 말해보라.

책을 왜 쓰려고 하는지부터 내용까지 요약해서 말해본다. 몇 번씩 연습하라. 5분 정도로 요약할 수 있으면 컴퓨터 자판 앞에 앉아 글을 써라. 단어나 문장 하나하나에 고민하지 말고 그냥 써라. 신기하게도 꽉 막혔던 출간기획서가 말하듯이 술술 나온다. 녹음해서 풀어보는 것도 좋은 방법이다. 녹음한 것을 들으면서 다시 정리할 수 있다.

| 출간기획서에 강조할 부분

정리한 원고를 토대로 다듬는다. 이 책이 왜 필요한지, 다른 책과는 어떤 차별이 있는지 강조한다. 기존에 나온 책이 없다면, 이러저러한 수요가 있다는 근거를 든다. 이 책 『나도 작가다』는 기존에 나와 있는 책들은 부족한 부분이 있다는 점을 밝히고, 무엇보다 먼저 나온 책으로 공부해서는 책을 내기 어려운 이유를 들었다.

　첫 실용서인 『1억으로 수도권에서 내 집 갖기』는 50군데 이상 다녀본 부동산에서 열에 일고여덟은 나와 같이 적은 돈으로 시골집을 구하려는 사람들인데 실제 계약이 이뤄지지 않는다는 근거와 시골집을 구하는 책이 없다는 점을 강조했다. 『명랑 시인의 귀촌 특강』은 귀농 책은 많은데 귀촌에 대한 책은 없다시피 하다고 역설했다. 또 귀촌하려면 도시인들이 걱정하는 대표적인 세 가지를 밝혔다. 먹고사는 문제와 자녀교육, 시골의 '왕따' 문제다. 이 문제를 해소할 방안이 있다는 점을 부각했다.

　출간기획서만으로도 책 내용이 궁금하도록 써야 한다. 고칠 때는 처지를 바꿔서 편집자의 눈으로 수정한다. 책 내용을 한눈에 파악하고 호기심을 자극할 수 있도록 다듬는다. 독자들이 이 책을 왜 읽어야 하는지, 어떤 필요가 있는지 고민하면서 문장을 완성하라. 다른 책은 어떻게 광고하는지 눈여겨 참고하라.

　출간기획서를 잘 써두면 광고할 때도 활용할 뿐만 아니라 나중에 서문으로 쓸 내용이다. 여기까지 왔으면 서문도 어려움 없이 쓸 수 있다. 처음에는 출간기획서도 힘들고, 서문도 몹시 서툴러 고생했다. 이 방법을 터득한 후에는 출간기획서를 쓰고 이어서 서문을 완성한다. 서문이야말로 이 책의 요점이니까 쓰면서 책 내용을 대략적이지만 틀을 잡아 소개한다.

  3부 강력하고 명쾌하고 간결하게

출판사가 요구하는 것들

저자가 만든 출간기획서만 보내도 되는 출판사가 있고, 출판사 양식에 답해야 하는 경우가 있다. 출판사 양식은 두 가지다. 홈페이지에 있는 양식에 직접 쓰는 것과 출판사에서 만든 파일을 다운받아 따로 작성하는 방식이다. 두 가지 다 자신이 만든 출간기획서를 기초로 요구하는 질문에 답하면 된다.

세세한 내용은 4부 「출판사마다 요구하는 기획서가 다르다」 편을 참고하라. 보통 출판사에서 공통으로 요구하는 것은 다음 사항이다.

우선 예상 독자다. 어떤 사람이 읽으면 좋은지, 누구를 대상으로 썼는지, 누구한테 들려주고 싶은지 생각해본다. 이미 나와 있는 책이 있다면 샘플로 삼아라. 생각해보면 그리 어렵지 않다. 자신의 책을 읽을 사람이 어디에 있는지, 하루 종일 무엇을 하는 사람인지 알아본다.

『나도 작가다』는 책을 내려는 사람이 대상이다. 이런 사람들은 어디에 있을까. 궁리해보면, 여기저기서 작가가 되고자 하는 개인이 있다. 그리고 한국예총(한국예술문화단체총연합회) 산하 전국 지부가 있다. 한국작가회의도 있고, 지역마다 문학 동호회도 있다. 여러 형태로 글쓰기를 공부하는 사람도 대상이다. 이밖에도 문학 관련 블로그나 카페도 있다. 출판사 홈페이지에 원고 투고를 하는 사람들도 독자층이다.

이렇게 하나씩 넓혀가다가 그룹으로 묶어 분류하면 출판사에 제안하는 일이 어렵지 않다. 경쟁 도서 관련 질문도 유사 도서를 비교해보고 자기 원고의 장점을 부각해서 출간기획서를 완성한다. 경쟁 도서가 없는 경우는 책의 필요성이 크고 독자 수요도 충족시킬 수 있음을 일목요연하게 설명하면 된다.

처음부터 출판사의 질문에 맞춰 답하려면 어렵다. 이때도 앞서 여러 번 강조한 것처럼 질문을 소리 내서 읽고 자신의 생각을 소리 내서 답해본다. 이야기하듯이 말하고, 이야기하듯 쓴다.

| 예상 쪽수 알아보기

출판사 질문 중 예상 쪽수를 묻는 경우가 있다. 판형에 따라 쪽수가 다르겠지만 대충이라도 잡아볼 수 있다. 일반적으로 책 한 쪽은 20~22줄 정도, 원고지 3~4매 내외가 들어간다. 많게는 5매 이상이 들어가기도 한다. 이것을 기준으로 800매를 썼을 경우 책 두께를 가늠해본다.

$$800 \div 4 = 200$$
$$800 \div 3 = \fallingdotseq 267$$
$$800 \div 2.5 = 320$$

이렇게 해서 대략 200~267쪽이라고 짐작할 수 있다. 간단히 250쪽 내외라고 답하면 된다. 더 느슨하게 만들면 320쪽도 나온다. 원고량이 늘어나면 쪽수도 그만큼 늘어난다. 이런 상황을 감안해서 전체 쪽수를 미리 알아두면 도움이 된다. 책을 편집하는 과정에서 가감이 있겠지만 이 정도라도 미리 계산해두면 출판사에서 묻는 예상 쪽수에 답할 수 있고, 자신도 어느 정도인지 알 수 있다. 흔히 책 두께는 200~300쪽이 일반적이다. 이 정도면 일반 독자들이 선호하는 단행본 두께가 나온다.

| 어려운 출간기획서를 먼저 쓸 수 있다

출간기획서를 쓰기 위해 주변 사람들한테 이야기도 했고, 자신에게도 충분히 말했으므로 어렵지 않다. 출간기획서를 쓰는 과정을 몇 번 거치면 익숙해진다. 나중에는 출간기획서를 쓰고 서문을 쓴 후에 본문 원고를 쓰기도 한다. 마치 중요한 숙제를 먼저 끝낸 기분이다. 책쓰기는 상당한 노동이지만 고통과 함께 보람과 즐거움을 맛볼 수 있다. 물론 출간기획서를 먼저 쓰든 나중에 쓰든 상관없다. 각자 스타일에 맞춰 하면 된다.

지은이 소개 쓰기 

취직을 해본 경험이 있는 사람은 수없이 자기소개서를 써봤으리라. 자기소개서를 쓰는 일이 갈수록 어렵다고 한다. 요즘에는 돈을 주고

사기도 한다니 무슨 해괴한 짓인가 싶다가도 오죽하면, 하는 심정이 든다.

옛날에는 이력서를 쓰듯 몇 년도에 어디서 태어났고, 어느 학교를 졸업해 무슨 일을 해왔다고 썼다. 최근에는 개성 있게 소개한다. 젊은 저자들은 매력적으로 써서 독자의 호기심을 자극한다. 지은이가 어떤 사람인지, 무엇을 좋아하는지, 어떤 생각으로 사는지, 책과 관련해 톡톡 튀는 감성으로 소개해 눈길을 끈다.

지은이 소개를 쓸 때는 다른 책을 참고한다. 어떤 방식으로 썼는지 알아보고 모방을 통해 창조하는 것도 좋은 방법이다. 베스트셀러 같이 주목받는 책을 참고로 하되, 가능하면 예상 독자층과 맞는 책으로 정한다.

그래도 답답한 이들을 위해 내가 지금까지 써온 지은이 소개를 안내한다. 결코 잘 썼다고 할 수는 없어도 한눈에 차이점을 볼 수 있으니까 자신이 쓴 지은이 소개와 비교해본다. 옛날에는 간단한 약력과 그동안 나온 책을 소개하는 수준이라 따로 표하지 않았다.

2000년대 들어 간략한 이력과 함께 그동안 출판한 책과 지은이 소개가 서술 형태로 바뀌었다. 이메일을 넣기도 하고 블로그나 홈페이지를 알리기도 했다. 지금 다시 보니까 미비한 점도 있고, 문장이 매끄럽지 않은 곳도 더러 있다.

2002년 『사랑이 다시 올까』

충남 대전에서 태어나 초·중·고와 대학은 서울에서 다녔다. 출판사 북

디자인과 기업체 사보담당 기자를 지냈고, 화랑을 운영하기도 했으며, 여러 매체에 20여 년 동안 글을 발표해왔다. 이 시집은 3집 이후 15년 만에 출판한 시집이다. 1996년부터 취미로 즉석카메라를 애용해 사진 작업을 하고 있다.『사랑이 다시 올까』는 그동안 발표, 연재해온 것을 이번에 '시간과공간사'에서 묶어낸 것이다. 여기 실린 모든 사진은 즉석카메라로 작업한 것이다. 흔히 말하는 폴라로이드 사진으로 사랑의 메시지를 멜로드라마의 한 장면처럼, 때로는 코믹물을 보는 것처럼 표현한 일이 흥미롭다.

2005년『용인, 용인사람들』

충남 대전에서 태어나 초 · 중 · 고와 대학은 서울에서 다녔다. 출판사 북디자인과 기업체 사보담당 기자를 지냈고, 화랑을 운영하기도 하였다. 여러 매체에 20여 년 동안 글을 발표해왔으며 1996년부터 즉석카메라를 애용해 사진작업을 하고 있다. 2003년에는 제4집『사랑이 다시 올까』에 실은 폴라로이드 사진으로 전시회를 열기도 했다. 이번『용인, 용인 사람들』에 실은 사진도 대부분 즉석카메라로 작업한 것이다.

용인에서는 2005년 현재 7년째 살고 있다. 이 책은 서울내기로 살다가 시골 사람들과 좌충우돌 부닥치는 문화 정서를 그린 이야기다. 시인의 눈으로 따뜻하게 풀어간 이야기는 잊고 지내던 사람의 정을 새롭게 느끼게 한다. 용인 사람들의 정감 어린 마음을 알기까지 우여곡절을 겪은 수많은 오해와 이해는 눈물 나는 웃음과 잔잔한 감동을 선사한다.

2009년 『폴라로이드 러브포엠』

2010년 『폴라로이드 로드포엠』

1958년생이면서 닭띠라고 우기는 여자. 미술을 전공하고 문학 동네에서 사는 사람. 13년째 폴라로이드와 동고동락하며 울고 웃는 인간. 아직도 장난감에 매료당하는 여자. 천하의 먹보에, 천상의 잠꾸러기가 나이 드니 잠이 줄어들어 고민하는 사람. 흰 머리카락을 훈장처럼 여기고, 눈가의 주름을 기다리는 인간. 눈이 오면 눈이 온다고, 바람 불면 바람 분다고 그리움에 젖는 여자. 거울을 보면서 자기 얼굴보다 가슴속 사랑하는 얼굴을 떠올리며 눈물 글썽이는 사람.

시집으로 『사랑이 아닌 것을 사랑이라 불러』, 『이 시대의 시인아』, 『너도 그러냐』를 냈다. 첫 폴라로이드 사진시집 『사랑이 다시 올까』를 2002년에 내고, 다음해 폴라로이드 사진초대전도 열었다. 현재 두 번째 폴라로이드 사진기획초대전을 앞두고 있다.

첫 에세이집으로 『용인, 용인사람들』을 2005년에 출간했다.

2015년 『1억으로 수도권에서 내 집 갖기』

2016년 『명랑 시인의 귀촌 특강』

오랫동안 꿈꿔온 〈시골살이〉에 드디어 성공했다. 시골에 오기 전까지 아등바등 살았지만 갈수록 글 쓰고, 발표하고, 책을 내며 먹고살기에는 세상이 벅찼다. 미술을 전공하고도 문학 마당을 기웃거리며 살았다. 출판사에서 표지디자인을, 기업체 사보편집 담당을 거쳐 갤러리를 운영하기도 했다. 30여 년 가까이 각종 매체에 글과 사진을 발표하며 이와 관련한 직업을 전전해도 생활은 나아지지 않았다.

시골에 와서야 도시생활의 불안감을 잠재울 수 있어 이제야 내 길을 찾았다고 스스로 장하게 여긴다. 자연의 일정에 따라 살면서 날마다 행복을 맛보고 있다. 어제는 이래서 재미있고, 오늘은 이래서 즐겁고, 내일은 또 어떤 행복이 기다릴까. 시골생활이 날마다 신기하다.

현재는 시골에서 농업, 임업, 축산업이 아닌 '새로운 귀촌 라이프스타일'로 살아갈 방도를 궁리하고 있다. 많은 사람들이 시골에서도 농사짓지 않고 – 지금까지 살아온 다양한 자신의 경륜을 살려 – 먹고살 수 있는 직업을 발굴해 귀촌하려는 사람들에게 희망을 주고 싶다.

시골집을 구하기 위해 9개월간 고군분투한 이야기를 담은 『1억으로 수도권에서 내 집 갖기』를 출간했다. 다른 이름으로 출간한 폴라로이드 사진시집 『사랑이 다시 올까』, 『폴라로이드 러브포엠』, 『폴라로이드 로드포엠』과 시집 몇 권이 있고, 수필집으로 『용인, 용인사람들』이 있다. 『사랑이 다시 올까』 사진시집으로 초대작가 사진전시회도 열었다.

어떤가. 이 책의 지은이 소개와도 비교해보라. 책과 자신의 이력이 어떤 형태로 들어맞는지 흥미를 이끌어내라. 지금 돌아보면 독자들의 마음을 끌어당길 수 있도록 바꿀걸, 하는 생각이 들어 아쉽다. 이 책을 쓰면서 5년 만에 든 생각이다.

자, 이제 원고 준비도 다했고, 골 아픈 출간기획서와 지은이 소개도 완성했다. 지금부터는 출판사 문을 두드려볼 차례다. 참으로 긴 시간 애쓴 스스로가 대견할 것이다.

기획서, 적재적소에 보내기

캠핑용품을 사러 카센터나 철물점에 가는 사람은 없을 것이다. 적재적소에 맞는 곳을 찾아가야 원하는 것을 살 수 있다. 자신의 책도 어느 출판사를 찾아가야 하는지 시간이 걸리더라도 꼼꼼하게 알아보아야 고생하지 않고 계약을 이룰 확률도 높아진다.

미술을 전공하고자 대학을 찾는데 법학부에 가서 원서를 내밀면 어떻게 될까. 이렇게 멍청한 일이 어디 있을까 싶지만 처음 책을 낼 때는 잘 모르기 때문에 실수하기 마련이다.

| 책 분야 제대로 알아보기

실수를 줄이고 원고를 제대로 보내려면 자신의 원고가 어느 분야에 속하는지 먼저 알아야 '제대로' 출간 문의를 해볼 수 있다.

인터넷 서점에서 국내도서를 클릭하면 20여 분야로 크게 나누어 놓았다. 자신의 원고가 어느 분야에 속하는지 잘 모를 때는 이곳에서 찾아본다. 각 분야는 대분류 아래 소분류로 다시 세분화했다. 이를 테면, 국내도서 〉 자기계발 〉 인간관계 〉 커뮤니케이션, 하는 식이다.

첫 실용서를 출간 의뢰할 때는 제대로 보낸 덕분에 무식하게 2천 통이 넘도록 이메일을 보내는 고생을 하지 않았다. 처음에는 실용서를 내는 출판사로 보내야 할지, 시골집을 구하는 과정을 에세이로 썼으니까 문학 분야로 보내야 할지 망설였다. 고민 끝에 실용서까지는 맥을 잡았는데 어느 쪽으로 가야 할지 난감했다. 집을 구하는 방법이니까 부동산이라고 할 수 있겠는데 부동산 관련서들을 보니까 하나같이 부자, 투자, 재테크뿐이다. 이런 외침이 싫어서 시골로 가려고 한 것인데 마땅한 분야가 없어서 고심했다.

『나도 작가다』를 보자. 이 책은 실용서 중에서 자기계발에 속한다고 생각했다. 이 항목에 마우스를 갖다 대니까 10가지 분류로 나누어 놓았다. 이중에서 '기획/정보/시간관리' 쪽이 그나마 가깝다. 그래도 뭔가 미흡하다. 기존에 나온 책쓰기 책들은 어느 분야인지 알아보니까 자기계발 분야보다 인문 일반 분야의 '글쓰기/독서/번역'에 더 많다. 이곳이 더 가까워 보인다. 이 분야로 출판사를 알아봐야겠다고 생각했다.

어느 분야로 보내야 할지 잘 모를 때는 자신의 원고와 같거나 비슷한 책을 참고한다. 먼저 나온 유사서가 어느 분야에 있는지 참고해보고 출판사를 정하면 수고를 덜 수 있다. 유사서가 없다면 엇비슷한 관련서를 찾아 검색해보고 어느 분야에 속하는지 알아야 제대로 보낼 수 있다.

예전에는 내가 내고자 하는 분야의 책을 출판한 출판사를 찾아 이메일을 보냈다. 당시는 알아낸 출판사가 몇 군데밖에 안 되어 고심했다. 그러다가 한국출판인회의와 대한출판문화협회, 출판유통진흥원을 어렵게 알아내 기뻤다. 여기서 이메일을 다량으로 수집했다. 이 세 군데는 다음 장에서 자세히 다루었다.

2009년에 출간 문의를 할 때다. 기존에 수집한 이메일과, 새로 수집한 이메일, 그리고 세 단체에서 찾아낸 이메일로 출간 의뢰를 했다. 이름을 들어봄직한 출판사는 물론이고, 출판사 직원 이메일도 알아내 일일이 보내다 보니 엄청났다. 위 단체에서 수집한 이메일을 거의 무작위로 보내니까 결국 2천 통이 넘었다.

유아청소년과 학습같이 완전히 동떨어진 분야를 제외하고 보낸 숫자다. 급한 마음에 서두르다 보니 자세히 확인하지 못해서 실수도 했다. 이 중에는 출판사가 출간 방향를 바꾼 걸 몰라서 헛수고라는 길을 한없이 걸었다.

하도 고생해서 무슨 뾰족한 방법이 없을까, 하는 마음이 간절해졌다. 무식하게 이메일을 보내는 중에 어이없게도 종교 분야 출판사에도 보냈다. 출판사에서 보낸 거절 답장에 제대로 보내라는, 따끔한 충고를 받고 얼굴이 달아올랐다. 퍼뜩 정신을 차렸다. '제대로' 보내라는 글자가 눈에 크게 들어왔다.

뭘 어떻게 알아내야 하지? 울고 싶을 지경이 되었다. 최근에 나온 책을 찾아 판권에 있는 이메일과 한국출판인회의, 대한출판문화협회, 출판유통진흥원에서 수집한 이메일을 비교해보았다. 그랬더니 같은 경우도 있고, 바뀌었거나 아니면 출판 분야가 바뀐 곳도 있다. 출판 영역을 넓힌 출판사라면 별문제 없이 출간기획서를 검토하겠지만 분야가 완전히 바뀌었거나 대표, 또는 편집장이 바뀐 경우라면 검토하지 않을 확률이 높다.

출판사 근황을 살피라

인터넷 서점에서 신간부터 살펴본다. 해당 출판사의 신상품을 클릭하면 최근에 나온 순서대로 볼 수 있다. 일 년에 몇 권 정도 출간하는지도 알 수 있다. 또 위쪽에 보면 박스 모양 안에 이 출판사가 지금까지 어떤 분야를 내왔는지도 분류해놓았다. 경제경영, 자기계발, 문학, 건강취미, 종교, 청소년, 어린이, 여행, IT모바일, 여행, 인물, 사전, 사회정치…… 여러 분야가 있다. 어떤 분야를, 지금까지 몇 권 출간했는지 분야별 권수도 나와 있다.

이것을 토대로 어떤 책을 내는지 검토한다. 출판사는 출간 의뢰를 받아 출판하는 경우도 있고, 저자를 발굴하거나 유명 저자한테 원고 청탁을 해서 출판하기 때문에 주력 분야가 있다. 어떤 출판사는 편집회의를 통해 원고 청탁만으로 출판하기 때문에 출간 의뢰를 아예 검토하지 않는 출판사도 있다.

6개월, 또는 1년 이상 책을 출판하지 않고 있다면 그 사이 폐업을 했거나 출판사에 무슨 문제가 있는 게 아닐까, 하고 움츠러든다. 저자 처지에서는 아무래도 불안하다. 예외도 있겠지만 경험자로서 조언한다면 피하라고 말하고 싶다. 예전에 이런 곳인 줄 모르고 출간 의뢰를 했다가 계약한 기쁨은 잠깐이고 몇 달 동안 속만 썩었다. 결국 출판하지 못해 시간만 낭비한 경험도 있다.

| 도서관과 서점에서 직접 수집한다

이렇게 확인한 후엔 출판사 목록을 적어 현장에 나갈 차례다. 꼼꼼하게 검토하고 확인해야 실수를 줄일 수 있다. 서점과 도서관에서 직접 이메일을 수집한다. 도서관에 갈 때는 미리 도서관 홈페이지에서 검색해봐야 수고를 줄일 수 있다.

도시에 있는 도서관에는 신착 도서가 원활하게 들어와 있지만 시골이나 이용객이 적은 곳은 아무래도 늦다. 도서 검색을 할 때 출판사 상호로 검색하면 출간한 책들이 뜨고 몇 년도에 나온 책인지 알 수 있다. 비교적 가까운 시일에 나온 책을 클릭하면 현재 도서관에 있는지, 대출한 상태인지 알 수 있다.

수집한 이메일을 꼼꼼하게 확인해서 완벽하고 확실한 주소로 출간기획서를 보내면 되돌아오는 일이 많이 줄어든다. 내 경우에는 되돌아오는 일이 없었다. 그런 다음엔 느긋하게 기다린다.

| 진행 사항을 메모해둔다

하루에 이메일을 보내는 양은 물리적으로 한계가 있다. 답장을 기다리면서 계속 다른 출판사에 출간 의뢰를 하고, 거절 답장에도 검토해줘서 고맙다는 답장을 쓰다 보면 시간이 많이 걸린다. 여기에 출판사에서 전화가 오면 응대까지 해야 하니까 바빠진다. 거절과 통화를 한 출판사는 따로 메모를 해둔다.

왜 이런 번거로운 일을 할까 싶지만 두 번째, 세 번째 책을 내고자 할 때 필요하다. 물론 처음에 책을 내준 출판사와 다음 작품도 계속해서 책을 내면 좋겠지만 분야가 달라 책을 낼 수 없는 상황도 있고, 또는 여러 사정이 있어 다른 출판사에 출간 의뢰를 할 수밖에 없는 경우도 있다. 미리 준비해둬서 나쁠 일은 없다.

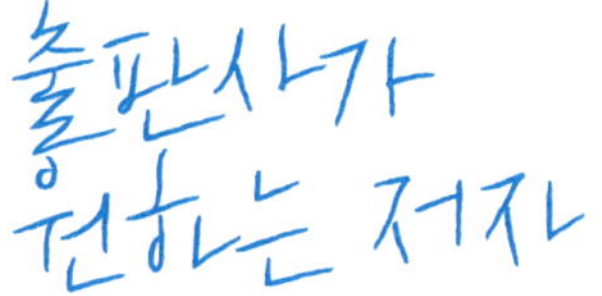

기업체 사보 편집 담당과 지역 신문, 잡지사에서 편집자로 일한 적이 있다. 저자한테 원고 청탁을 할 때 원하는 것은 다음 세 가지다. 출판사도 비슷하리라 생각한다.

첫 번째는 좋은 원고에 대한 기대다. 두 번째는 원고 매수에 맞추었나 하는 점이고, 세 번째는 마감일이다. 어느 하나 소홀히 할 수 없다. 특히 마감일은 매우 중요하다. 아무리 좋은 원고를 매수까지 맞췄다고 해도 기일을 지키지 못하면 헛일이다.

여기서 좋은 원고라 함은 기획 방향에 맞는 내용을 말한다. 바다에 대한 이야기를 어떤 시각으로 써주십사, 하고 청탁했는데 주제와 다른 내용을 쓴다거나, 바다가 아닌 산에 초점을 맞춘다면 기획 의도와 달라 실을 수 없다.

원고 매수도 허용할 수 있는 선에서 맞춰야 하는데 손을 대기 힘들 정도로 넘치거나 훨씬 미치지 못하면 난감하다. 지면이 한정돼 있어서 편집자가 줄이거나 늘려야 하면 시간도 많이 걸리고, 바쁜 일정에 몹시 번거롭다.

마감일은 말할 필요도 없이 중요하다. 출간일은 어느 정도 상의해서 조절해볼 수도 있겠지만, 가능하면 계약할 때 정한 원고 마감일을 지키는 게 바람직하다. 출판사도 일정이 짜여 있으므로 한 군데에서 문제가 생기면 그 여파가 줄줄이 이어진다. 예상치 못하게 보충해야 해서 시간이 필요하다면 출판사도 이해할 것이다. 하지만 특별한 이유 없이 미룬다면 신용에 문제가 생긴다.

이름과 연락처를 빠뜨리고 출간기획서를 보내거나, 출판사 이름을 잘못 써서 보내는 것도 상당한 실례다. 구애를 하는 것이나 마찬가지인데 상대 이름을 잘못 부른다면 그런 낭패가 없다. 각별히 조심하라. 성의 없이 원고만 달랑 보내는 저자도 있다. 이 경우 검토조차 하지 않는 출판사도 있다. 이 책을 읽은 독자들은 출간기획서가 중요하다는 사실을 알았으므로 그럴 일은 없으리라.

출간기획서를 보내고 기다려야 하는데 빨리 검토해달라고 재촉하기도 한다. 받았는지 확인하는 정도라면 몰라도 독촉하는 건 삼가라. 차례는 집을 설계하듯이 구성하라고 했으니까 원고 내용도 차례에 따라 충실히 마무리해야 한다. 차례는 그럴듯한데 내용은 허술하다면 빛 좋은 개살구다. 그래서 출판사에서는 샘플 원고를 보자고 하기도 하고, 먼저 나온 책이 있다면 참고하기도 한다.

출판사에서는 원고를 받으면 면밀한 시장조사를 한다. 제목은 물론이고 책 모양도 독자의 욕구에 맞춰 만들려고 애쓴다. 이때 저자는 최대한 귀를 열어둬야 한다. 저자 의도와 완전히 다르게 진행한다면 모르지만 경험이 풍부한 전문가의 선택이므로 믿고 따라주기를 바란다.

어떤 저자는 자신의 책이 소위 '대박'이 나서 후속 작품을 들고 온다고 한다. 출판사로서도 반가운 일이다. 그런데 과도한 요구를 하면 계약이 멀어진다. 인세를 무리하게 요구하거나 기타 편의를 주장하는 경우다. 어느 정도라면 출판사도 책을 만드는 데 중요한 파트너기에 존중하지만 갑자기 태도를 바꿔 무리한 요구를 하면 계약이 깨질 확률이 높다.

대박이 난 이유는 원고가 좋아서겠지만 그 하나만은 아니라는 점을 명심하라. 그 이면에는 출판사의 노고가 있다. 책을 잘 만들고 홍보와 마케팅을 제대로 했기 때문이다. 출판사는 가장 중요한 파트너임을 잊지 마라.

먼저 낸 책과 비슷한 내용으로 다른 출판사에 책을 내는 저자도 있다. 상도의에 어긋날 뿐만 아니라 양쪽 출판사한테도 폐를 끼치는 행위다. 두 출판사 모두에게 배신감을 안겨준다. 송사에 휘말리면 소탐대실만 겪을 뿐이다. 독자한테도 외면받는 지름길이다.

앞서 「쓸 수 있는 책과 쓰고 싶은 책」에서 '이미 나온 책도 기획에 따라 달라진다'고 했다. 이럴 때도 먼저 출판한 출판사에 말해서 출판권 해지를 해두고 진행해야 한다. 조금 손봐서 개정판을 내거나 기획을 달리해서 완전히 다른 모양으로 출판한다고 해도 분쟁의 소지가 있으므로 깔끔하게 해결하고 서류로 남겨둬야 한다.

특별한 양식은 없으니까 출판권을 해지한다는 내용으로 도장을 받아두거나, 계약한 원본을 파기하는 방법도 있다. 여의치 않으면 내용증명을 보내 확실하게 해두면 안심할 수 있다. 연락이 안 될 때도 내용증명으로 가능하다. 폐업했으면 아무 상관이 없다.

매우 드문 일인데 저자가 계약금을 받고 연락을 끊는 경우도 있다. 세상에 이런 일이? 하겠지만 똑같은 원고로 여러 출판사와 계약하고 잠적해버렸다면 문제가 있다. 출판사도 이런 일을 겪으면 정말 아찔하지 않을까.

역지사지해보면 계약금을 선뜻 내주는 출판사가 고마울 수도 있겠다. 원고를 받아보고 검토한 후에 계약금을 주려는 속마음이 한편으론 이해가 간다. 다들 내 마음 같지 않다고 한탄하며 상처를 주고받는다. 그래서 계약서는 서로 꼼꼼히 살펴야 한다.

PART

4

미련함과
끈기 사이

질긴
놈이
이긴다

연락이 돼야지 말입니다

요기로 가면 시원하게 해결!

출판사 홈페이지 파악하는 방법

출판사마다 요구하는 기획서가 다르다

연락이 돼야지 말입니다 

아주 사소한 것이라도 어떤 일을 할 때 아는 것과 모르는 것은 천지 차이다. 무척 고생한 일도 경험이 쌓이면 익숙해진다. 자기한테는 익숙한 일이니까 남한테 알려줄 때는 놓치는 경우가 생긴다. 어떤 방면에 노련한 사람이라고 해도 남을 가르치는 일은 쉽지 않아 보인다.

스스로 사소한 부분은 당연히 알고 있는 상식이라고 생각하기 때문이다. 너무나 당연해서 상식이라는 생각조차 없을지도 모른다. 그래서 배추김치를 담글 때 '물에 한 번 씻은 후'에 소금을 뿌려야 한다는 것은 굳이 말하지 않아도 누구나 알고 있다고 여겨 건너뛰는 일이 벌어진다.

아무도 가르쳐주지 않아서 모르는 길도 있고, 모르기 때문에 뭘 물어야 하는지 몰라서 헤매기도 한다. 책 출판도 이와 같다. 시중에 나와 있는 책쓰기 책이나 '내 책을 출판하는 방법'을 알려준다고 하는 책들도 정작 중요한 건 빠뜨렸다. 서문에서 밝혔듯이 기존에 나와 있는 책들은 출판사를 만나는 방법이 아예 없거나 있어도 매우 부족하다.

여러 번 책을 내본 사람은 출판사를 만나는 방법이 익숙하니까 잊어버리고 만 것일까. 그래서 출판 계약 시 중요한 점만 알려준 것인가? 하는 의문이 든다. 출판사를 만나지도 못하는 처지인데 '출판 계약 시 주의할 점'은 결혼할 상대도 없는데 결혼식 할 때 주의할 점을 안내한 것이나 마찬가지다.

상대방을 만나는 방법부터 자세히 알려준 후에 결혼식 할 때 주의할 점이 쓸모가 있겠지. 입학도 못 했는데 대학 새내기 안내를 아무리 훌륭하게 한들 무슨 소용이 있을까. 꼭 필요한 기본적인 내용은 빠뜨리고 넘어간 책을 읽으며 아쉬웠다.

지금부터는 출판사 이메일 주소 수집 방법을 이야기하려고 한다. 나 역시 처음에는 다음과 같은 과정을 거쳐 출판사 이메일을 수집했다. 힘은 들지만 가장 확실한 방법이다.

판권을 보고 이메일을 찾는다

서점과 도서관에서 자신의 책과 분야가 같은 책을 찾아 판권에서 이메일을 알아낸다. 이 방법이 가장 확실하다. 하지만 시간이 많이 걸린다. 두 시간쯤 애써도 20개 이상 수집하기가 쉽지 않다. 수백 군데에 출판 문의를 해도 답장을 받기 힘든 마당에 이 정도는 너무 적다.

신간인데도 이메일 주소가 없는 책도 꽤 있다. 홈페이지나 블로그, 인터넷 카페 주소만 있는 책도 있다. 구간 도서는 안 쓰는 이메일 계정이라 사용할 수도 없다. 가능하면 최근 2~3년 사이에 나온 책으로 한정해서 수집했다. 그러자니 일일이 책을 펴보아야 알 수 있다.

인터넷을 검색해 알아낸다

인터넷 검색창에 출판사 상호를 넣어 홈페이지를 알아보는 방법이다. 출판사 상호는 서점과 도서관, 인터넷 서점에서도 알 수 있다. 이 역시 발품 파는 것 이상으로 시간이 많이 걸린다.

출판사 홈페이지가 없는 경우도 허다하다. 홈페이지를 찾았어도 만만하지 않다. 출간 문의나 원고 투고란이 따로 있기도 하고 이메일 주소를 써놓기도 했다. 큰 출판사는 각 분야별 이메일 주소를 친절히 안내해놓은 곳도 있다. 아무리 찾아도 원고를 받는 데가 없기도 하고, 자비 출판사임을 미리 밝힌 곳도 있다. 하나씩 확인하다 보면 지치고 만다.

출간 문의나 원고 투고란이 따로 없거나 이메일 주소가 보이지 않으면 뒤져보는 수밖에 없다. 인사말이나 직원 안내, 교통편에 이메일 주소가 있는 경우도 있다. 또 홈페이지 맨 아래에 보면 웹마스터 이메일이 있다. 여기로 출간기획서를 보내기도 했는데 답장이 오기도 하고 출판사에서 전화가 온 경우도 있다.

이 두 가지 방법 말고 좀 더 나은 방법이 없을까?

당연히 있다!

무식할 정도로 발품과 손품을 팔며 헤매다가 드디어 찾았다!

요기를 가면 시원하게 해결!

여기서 문제를 하나 내보겠다. 오줌이 급해 건물에 들어갔는데 1층 화장실은 문이 잠겨 있다. 휴일이라 상가도 문을 닫았다. 뛰다시피 2층에 올라가자 여기도 문이 잠겼다. 이럴 때 어떻게 하겠는가. 계속 올라가보겠는가? 아니면 다른 건물을 찾아가겠는가?

나는 지금껏 계속 올라갔다. 끝까지 올라가서 식은땀을 훔치며 해결한 경험이 있고, 허탕치고 달리기하듯 내려와 다른 건물로 뛰어 들어간 적도 있다. 아슬아슬하게 볼일을 해결했을 때의 안도감은 무어라 형언할 수 없는 경지다. 좋게 말해서 끈기가 있고, 달리 보면 미련 맞아서 그렇다고 할 수 있다. 끈기가 있어서 미련 맞은 것인지, 미련 맞기 때문에 끈기가 있는 것인지 모르겠다.

이렇게 포기하지 않고 이메일을 수집하느라 애쓴 끝에 드디어 또 다른 방법을 발견했다. 미련 때문에, 혹은 끈기 때문에 여기까지 왔다. 질긴 놈이 이긴다는 흔하고도 귀중한 말이 떠올랐다. 처음에는 심장이 두근거릴 정도로 깜짝 놀랐다. 곧이어 그동안 고생한 일들이 떠올라 어이가 없어서 허망한 기분이 들었다. 세상에! 만상에! 하면서

기가 찼다.

책을 읽을 때마다 이메일을 수집해왔어도 실용서는 별로 읽을 기회가 없었다. 관심 분야가 아닌 책은 별로 읽지 않아서 가지고 있는 이메일이나 홈페이지로는 도움을 받지 못했다. 실용서를 쓰면서 비로소 다양한 출판 분야를 알게 되었다.

어쨌거나 오랜 시간 검색에 매달리다 보니까 출판 관련 홈페이지도 많다는 걸 알았다. 한국출판인회의, 대한출판문화협회, 한국출판문화산업진흥원, 출판유통진흥원, 한국문인협회, 한국작가회의, 한국출판마케팅연구소, 한국출판문화진흥재단, 한국출판협동조합 등 이름도 비슷비슷해서 헷갈리는 단체가 여러 군데나 있다. 하나씩 드나들며 이메일을 수집할 수 있는 사이트를 찾다가 세 군데가 알차게 운영하고 있다는 걸 알아냈다.

바로 한국출판인회의와 대한출판문화협회, 출판유통진흥원 홈페이지다.

한국출판인회의 www.kopus.org

이곳은 출판사 홈페이지나 이메일뿐만 아니라 간략한 출판사 정보도 안내하고 있다. 홈페이지 상단에 〈회원안내〉→〈회원사 안내〉를 클릭하면 가나다순으로 정리해놓았다. 출판사 분야까지 한눈에 알아볼 수 있다. 나중에 또 한 가지를 알았다. 우연찮게 이곳에서 발행한 『한국의 출판사』란 책을 보았다.

| **한국의 출판사 427** www.kopus.org/upload_file/한국의
출판사427(pdf).pdf

이 책을 쓰면서 다시 살펴보니까 한국출판인회의 홈페이지에 『한
국의 출판사 427』이라는 제목으로 다운로드를 받을 수 있게 해놓았
다. pdf 파일을 다운로드를 받으면 책과 똑같은 편집을 그대로 볼 수
있다. 그것을 보고 출판사 홈페이지와 이메일을 수집할 수 있으니까
더 편리해졌다.

| **대한출판문화협회** www.kpa21.or.kr

여기에서 〈회원사 안내〉→〈회원사 검색〉을 클릭하면 2016년 3
월 현재, 600여 개의 출판사 목록이 있다. 일일이 클릭해야 분야를 알
수 있어 좀 불편하지만 그래도 이만하면 훌륭하다.

| **출판유통진흥원** www.booktrade.or.kr

이 홈페이지에서도 출판사 이메일 주소를 수집할 수 있다. 여기는
엄청 많다. 클릭해가며 천 곳까지 세어보다가 그만뒀다. 〈거래처 검
색 서비스〉→〈출판사 정보〉에 들어가 이메일 주소를 수집할 수 있
다. 분야별로 안내해놓아 편리하다. 또 〈출판 통계〉→〈출판사별〉을
클릭해도 알 수 있다. 〈출판 통계〉→〈내용 분류별〉에 들어가면 책 분
야를 나열해놓았다. 이곳에서 자신의 책이 어느 분야에 속하는지 가
늠해본다.

신규 출판사는 홈페이지 왼쪽에 따로 표해놓았다. 자신이 원하는

신생 출판사 이메일 주소가 없을 때는 이 신규 출판사를 클릭해 알아볼 수 있다.

| 서지정보유통지원시스템 seoji.nl.go.kr

국립중앙도서관에서 운영하는 서지정보유통지원시스템에서 알아내는 방법이다. 〈cip〉→〈도서 검색〉에 들어가 〈검색어〉 창에서 '출판사'를 선택하고 상호를 쓴 후에 엔터를 치면 최신 납본서들이 뜬다. 그 중 비교적 최근에 나온 책을 클릭해 판권에서 이메일 주소나 홈페이지를 알아낸다.

여기를 알게 된 것은 순전히 이 책을 쓰면서 더 좋은 방법이 없을까, 독자들도 감탄할 만한 곳이 있다면 좋을 텐데, 하는 고심의 결과다. 참 끈질기게 매달려서 찾아냈다. 처음에는 어떻게 이용하는지 몰라 며칠 애를 먹었다. 〈cip〉→〈도서 검색〉에서 검색어를 클릭해 출판사를 선택하는 검색창을 발견하기까지 시간이 걸렸다. 인터넷은 정말 신기하다.

납본하지 않아서 책 목록이 나오지 않는 출판사도 있고, 판권 자체를 표하지 않거나 판권에 이메일 주소를 생략한 출판사도 있다. 판권 글자가 읽어볼 수 없을 정도로 작은 경우도 더러 있지만 이 정도면 훌륭하다. 글자가 작아서 알아보기 힘들 때는 스마트폰으로 검색해서 확대하면 보인다. 앉아서 정보를 얻을 수 있으니 이메일을 수집하느라 고생하는 일이 대폭 줄어들었다.

이렇게 네 군데만 잘 살펴도 웬만한 출판사의 이메일 주소나 홈페이지, 카페, 블로그를 수집할 수 있다. 네 군데를 통해서도 알 수 없는 출판사는 서점과 도서관에서 찾아볼 수밖에 없다.

여기까지 오느라 눈물겹게 고생 많았다. 지갑이 든든해진 기분이다. 원고도 준비했고, 이메일을 수집하는 방법도 알았다. 이제 드디어 자신의 원고를 이메일로 보내기만 하면 된다.

이메일을 수집할 수 있는 사이트는 바로 여기!

서지정보유통지원시스템 seoji.nl.go.kr
한국출판인회의 www.kopus.org
한국의 출판사 427 www.kopus.org/upload_file/한국의출판사427(pdf).pdf
대한출판문화협회 www.kpa21.or.kr
출판유통진흥원 www.booktrade.or.kr

출판사 홈페이지 파악하는 방법

은행에 문의 전화를 하면 한없이 나오는 안내를 다 들어야 원하는 일을 볼 수 있다. 해당 번호가 없으면 다시 들어야 한다. 겨우 찾았다 싶으면 이번에는 주민번호 앞자리를 누르란다. 그 다음은 통장 비밀번호를 눌러야 한다. 비밀번호를 찾다 보면 시간을 초과했단다. 다시 전화하면 대기자가 많으니 기다리란다.

다른 서비스 센터도 마찬가지다. 인내심의 한계를 시험하는 것 같다. 대기자가 많아 기다리거나 아예 다시 하라는 말을 들으면 머리가 폭발할 지경이다. 옛날이 좋았어, 혼잣말이 나온다.

이메일을 그나마 쉽게 수집할 수 있다는 기쁨은 잠깐이고 이번에는 생각지도 못한 숙제에 걸려 한숨이 나온다. 한국출판인회의와 대한출판문화협회, 출판유통진흥원, 서지정보유통지원시스템 홈페이지에서 이메일 주소를 쉽게 수집하는 것까지는 좋았다. 네 군데만 잘 살펴도 출판사를 만날 수 있으니까.

그런데 자세히 살펴보니 이메일 주소만 있는 출판사도 있고, 홈페이지만 나온 출판사도 있다. 두 가지 다 있는 출판사와 없는 출판사도 있다. 어쨌든 연락해볼 수 있는 출판사를 하나씩 선별해나가면 된다. 어디에 어떻게 보내야 한 번에 제대로 전달할 수 있을까? 처음이라면 대략난감하다.

홈페이지에 들어가보면 원고 투고란이 출판사마다 제각각이다. 원고 투고에 이메일 주소만 안내한 출판사도 있고, 원고 투고란을 클릭하면 게시판 형식으로 투고할 수 있게 만든 출판사도 있다. 수많은 사람들이 원고를 올린 걸 보면 기가 죽는다.

하루도 빠짐없이 여러 명이 투고한 것을 보면 이 많은 걸 언제 다 볼까 싶어 한숨이 나온다. 그래도 투고할 수 있다면 다행이다. 그런데 이 많은 원고 중에 내 원고가 눈에 띄려면 어떤 묘수를 내야 하지 않을까. 자동으로 이런 생각이 든다.

어디에 투고해야 하는지 알 수 없는 홈페이지도 있다. 보통 좌우 측이나 상단 메인 바에 있고, 하단에 원고 투고란을 만들어놓기도 한다. 원고 접수, 원고 문의, 문의라고만 써놓은 곳도 있고, 출판 안내, 출판 문의 등 다양하다. 이메일 주소는 독자마당과 공지사항, 커뮤니티, 문의, 고객만족센터에 만들어두기도 한다. 찾아오시는 길에 이메일 주소가 있는 곳도 꽤 된다.

어디에도 이메일 주소가 없고 홈페이지 하단에 대표 이메일만 있는 곳도 있다. 출판사마다 달라서 시간도 꽤 걸린다. 어디에 있는지 찾기 힘들 때는 보통 홈페이지 상단 오른쪽에 있는 사이트맵을 클릭한다. 전체 분류를 한눈에 다 볼 수 있다. 여기서 원고 투고와 관련 있는 메뉴로 들어가면 된다. 쉽게 찾을 수 없을 때는 이 방법이 편리하다.

드물지만 원고 투고를 하려면 회원 가입을 해야 하는 출판사도 있다. 망설여진다. 가입하고 들어갔더니 이메일 주소만 달랑 써놓은 곳도 있다. 홈페이지 하단에 있는 대표 이메일 주소와 다르면 모르겠는데 같을 때면 허망이 품으로 달려드는 기분이다. 그래도 이메일을 얻으려면 할 수 없다.

자, 이렇게 찾아서 홈페이지에 원고 투고를 하려니까 출판사마다 출간 문의를 하는 방식이 제각각이다. 출간문의서 양식을 다운 받아 작성해야 하는 곳도 있고, 어떤 출판사는 클릭하면 바로 양식에 맞춰 보내게 만들었다. 다운 받아 쓰는 양식과 질문 내용이 비슷하다.

이름을 쓰는 난부터 분야, 제목, 원고 소개, 저자 약력에 예상 독자층을 써야 한다. 그나마 예상 독자층은 애교다. 난생처음 책을 내보려는 사람들도 이 정도는 답할 수 있다. 자신의 책이 나오면 어떤 독자들이 읽었으면 하는 마음이 있을 테니까 말이다.

그런데 예상 독자층은 그렇다고 해도 마케팅에 홍보 아이디어, 광고 문구까지 요구하면 기겁하고 만다. 이런 질문에 답하는 일은 기성 작가들도 상당히 어렵겠다고 생각한다. 더군다나 처음 책을 내보려고 용기를 낸 사람은 앞이 캄캄해지지 않을까.

이거야말로 한 고개를 힘들게 넘었더니 더 큰 산이 기다리고 있는 형국이다. 주저앉을 수도 없고, 스트레스가 엄청나다. 원고만 넘기면 출판사에서 다 알아서 하는 거 아닌가. 답답한 마음에 원망한다.

차라리 이메일 주소만 적어놓은 출판사가 반갑다. 그러다가 슬그머니 의문이 생긴다. 그냥 원고만 달랑 보내면 안 된다는 생각이 스친다. 쌓인 원고에서 자신의 원고가 선택받으려면 어떻게 해야 하지? 한숨이 나온다.

출판사에서 제공한 출간기획서 양식에 맞춰서 쓰는 게 낫겠다는 결론을 얻는다. 결론을 얻었어도 이 엄청난 양식을 어떻게 다 채우지? 진땀이 난다. 누군가 대신 해주면 얼마나 좋을까. 엉뚱한 상상에 빠진다.

그러나 겁먹지 말라.

방법이 있다.

출판사마다 요구하는 기획서가 다르다

지금부터는 출간기획서 양식에 답하는 방법을 알아볼 차례다. 힘든 일이지만 하나씩 공부해나간다는 자세로 임하면 답을 찾을 수 있다. 무엇을 상대방에게 팔려면 그 요구에 부응하는 게 세상 이치다. 자신의 원고를 출판사에서 사주길 바란다면 출판사 요구에 응해야 한다.

하지만 이런 요구에 답하기가 쉽지는 않다. 창작을 하는 저자라면 더 움츠러든다. 용어도 익숙지 않고, 왜 이런 것까지 해야 하는지 의문이 드는 질문도 있고, 종잡을 수 없는 내용도 있어 난감하다.

오랫동안 글 써온 나도 처음에는 무척 힘들었다. 그동안 먹고사느라 여러 방면으로 기획서를 쓰기도 하고, 다른 사람이 쓴 기획서를 다듬어주기도 했다. 말만 듣고 기획서를 대신 써주기도 했는데 출간기획서만큼은 매번 어려웠다. 마치 중이 제 머리 못 깎는 것처럼 힘들어 시간이 많이 걸렸다.

'말하듯이 글을 써라' 하면서도 정작 자신의 문제가 되자 '말하듯이 글을 쓰라'는 건 잊고 출간기획서라는 단어에 그만 긴장해서 머리가 멈춰버린다. 출판사 양식 앞에서는 기가 꺾인다. 이럴 때 방법을 알려주는 멘토가 있다면 더할 나위 없이 좋을 테지만 없어도 괜찮다.

질문을 소리 내서 읽어라. 1장에서 충고한 대로 연습해왔다면 제법 익숙해졌으리라. 소리 내서 읽고, 말로 답한다. 눈으로 읽고 손으로 쓸 때보다 훨씬 수월하다. 상대방과 이야기하듯 한다. 답해나가는 과정에서 질문에 하나씩 응해나가면 의외로 어려움을 극복할 수 있다.

| 써둔 출간기획서대로 출판사 양식에 답한다

이미 자신에게는 출간기획서라는 답안지가 있다. 모범 답안까지는 아니라도 기본 골격에 해당하니까 이것을 근거로 출판사가 원하는 양식에 맞춰 하나씩 풀어나간다. 쓰려고 하는 동기부터 누가 읽었으면 하는지, 어떤 내용인지, 자신이 쓴 출간기획서에 웬만한 내용은 다 들어 있다. 이 파일을 열어두고 출판사에서 요구하는 질문에 맞춰 나눠 보낸다.

출판사마다 공통으로 묻는 것과 약간씩 다른 질문이 있다. 이름과 연락처, 이력과 경력, 분야, 책을 쓰게 된 동기, 책 제목, 차례, 원고 분량, 원고 마감 날짜, 출간 희망 시기와 이유는 거의 같다. 쉽게 답할 수 있는 것도 있고, 몇 가지는 고심해야 할 내용도 있다.

어떤 질문은 거의 연구 수준 같은 내용을 물어 주저하게 만든다. 그래도 겁먹을 필요 없다. 이런 질문도 찬찬히 '말하듯이' 자신에게 질문한다. 독자가 묻는다고 상상하라. 그리고 말로 답하라. 신기하게도 눈으로 읽고 머릿속으로 답하면 막히던 질문이 술술 나오기도 하고, 떠듬떠듬 나오기도 한다.

예상 판형을 묻는 질문은 유사서를 참고해 제시한다. 정말 이런 것까지, 한숨이 나올지도 모르겠다. 그래도 자신의 책이니 한번 고민해보자. 판형은 책의 모양이나 크기를 말한다. 보통 인쇄용지를 재단해서 크기를 정하는데 단행본 용지는 두 가지다.

국전지(939×636mm)와 46전지(1091×788mm)다. 이것을 8절, 16절, 32절로 재단한 판형을 국판(A5), 국배판(A4), 46배판(B5), 46판(B6)으로 부른다. 출판사에서 일반적으로 쓰는 판형은 신국판으로 국판의 변형이다. 국배판이나 신국판으로 부르는 것은 일본식 출판 용어다. 앞으로는 국제표준으로 A4, B5로 부르도록 한다.

요즘에는 다양한 크기의 개성 있는 변형판들이 인기를 끄는 추세다. 표지 형태나 제본 방식에 따라 무선제본, 양장본, 반양장본으로 구분한다. 일반적으로 단행본은 무선제본을 많이 쓴다. 무선제본은

판형 종류

구분	판형	쓰임	크기	절수
국전지 (939×636mm)	국배판(A4)	여성지	210×297mm	8절
	국판(A5)	단행본	148×210mm	16절
	신국판(A5)	단행본	152×225mm	16절
	국반판(A6)	문고본	105×148mm	32절
46전지 (1091×788mm)	타블로이드판(B4)	기관지	254×374mm	8절
	46배판(B5)	주간지, 교재	188×257mm	16절
	46판(B6)	작은 단행본	128×188mm	32절

본문 내지를 붙인 후 책등에 풀을 바르고 표지로 감싸는 방식이다.

양장본은 두꺼운 합지로 표지를 딱딱하게 만들고 본문을 실로 엮어 꾸민 책이다. 금박이나 양피 같은 가죽으로 모양을 내기도 한다. 백과사전과 보관용 장서는 거의 양장본으로 제본한다. 반양장본은 양장본처럼 본문을 실로 엮기는 하나 표지는 종이로 대신한 책이다. 양장은 일반 제본보다 비용이 더 든다.

예상 쪽수는 앞에서 배웠다. 어차피 예상이므로 나중에 약간 더 늘어나거나 줄어도 문제가 되지 않는다. 독자층도 이미 생각했으니까 답할 수 있다. 여기에 보태서 핵심 독자와 확산 독자를 묻는 경우에도 책을 필요로 하는 독자와 그 외 독자로 구분해서 생각해보고 성실히 답하면 된다.

| 아는 것부터 답한다

여기서 그치지 않고 무시무시한 질문 내용이 빼곡하다. 거의 전문가 수준이다. 기죽지 말고 자신에게 말로 질문하면서 하나씩 답한다. 출판사에서도 저자를 골탕 먹이려는 게 아니라 의견을 묻는 거니까 성실하게 대한다. 순서대로 하려면 중간에 막혀 진도가 나가지 않는다. 쓸 수 있는 답부터 쓰고 막히는 질문은 일단 건너뛴다.

원고 내용과 작가의 전문성이 어떻게 결합되었나를 묻는 질문도 있다. 이런 경우 원고 내용과 관련 있는 전공을 했거나 그 방면에서 오랫동안 일해온 경험이 있다면 그 내용을 쓴다. 이 책이 세상에 반드시 나와야 할 필요성이 무엇이라 생각하느냐는 질문도 이미 1장에서 충분히 고심해왔으니까 사실을 그대로 쓴다. 원고 내용 평을 주위에서 들어본 적이 있느냐는 질문도 마찬가지다.

이 책을 논평할 수 있는 관련 분야의 저명한 분이나 동료가 있는지, 성함과 소속을 알려달라, 그 분들의 추천사도 보내달라는 질문도 있다. 무척 일방적인 요구로 보인다. 계약하지 않은 상태에서 이런 것을 원한다면 당혹스럽다. 압박이 커서 돌아서고 싶은 마음만 든다.

그러나 당황하지 말라. 생각해보고 있으면 있다고 적는다. 성함과 소속을 밝히거나, 추천사까지는 바로 보낼 수 없을 테니까 이런 점도 알린다. 없다면 이참에 궁리해서 이런 분야에 있는 사람들에게 추천서를 받으면 좋겠다는 의견을 내거나, 자신이 직접 받을 수 있다거나, 몇 다리 건너 받을 수 있으면 그 내용을 적는다.

서점에서 필요한 정보를 알아본다

해당 도서의 시장 전망과 판매 현황에 대한 질문은 서점에서 정보를 얻을 수 있다. 서점 직원들은 이런 질문에 나름대로 답해준다. 잘 모르는 질문도 물어보고 직원의 평가와 소감도 물어 정보로 삼는다. 평소 안면이 있는 직원이라면 편한 마음으로 정보를 얻을 수 있다. 퇴근 후나 점심시간을 이용해 밖에서 따로 만나 출판시장에 대해 이야기를 들을 수도 있으니까 적극적으로 알아보라. 목마른 사람이 우물을 파고, 갈증을 해소할 수 있다.

문제는 경쟁 도서의 홍보와 마케팅 질문이다. 이쯤 되면 막막한 지경에 이른다. 그러나 이것도 하나씩 풀어보자는 의지로 임한다. 뭐 어디까지나 저자 의견을 받아보려는 취지니까 공부한다는 마음으로 모르는 것은 그 방면에 있는 사람들한테 물어가면서 작성해보자. 평소 서점과 인터넷 서점을 눈여겨보고 홍보와 마케팅을 어떻게 했는지 관심 있게 본다.

경쟁 도서 분석과 현황, 자신의 책과 경쟁 도서의 장점 비교, 차이점에 대해서도 생각한 대로 쓰고, 막히면 '말하듯이 질문하라'를 다시 일깨워 연습한 뒤에 쓴다. 경쟁 도서가 있는 경우 그 소감을 솔직하게 말하고, 말한 대로 파일에 옮긴다. 없으면 없기 때문에 꼭 필요한 책이라는 점을 강조할 수 있다.

기타 알아두면 좋은 것들

주요 경쟁서의 편집과 제작에 특별한 점이 있느냐는 질문과 표지(하드커버, 페이퍼백)와 본문의 디자인, 컬러 인쇄 여부, 판형, 지질 등을 묻는다고 기절할 필요 없다. 모두 하나씩 집중해나간다. 여기서 지질은 종이 질을 말한다. 옷감으로 치면 면섬유냐 모섬유냐고 묻는 질문이다.

지질은 너무도 다양해서 일일이 열거할 수 없지만, 가장 널리 쓰는 단행본 용지는 본문의 경우 모조지다. 백색과 미색이 있는데, 보통 성인 책에는 미색을, 아동도서는 백색을 많이 쓴다. 이외에도 본문 용지는 스노화이트, 아트, 그린라이트, 하이플러스, 클라우드, 엠코트지 등 다양하다. 표지도 랑데부, 아르떼, 이매진 등 여러 가지다.

예상가와 연간 판매 부수는 얼마나 예측하느냐는 질문도 어느 정도 근거를 마련해 답하도록 한다. 예상가는 시장조사를 통해, 판매 부수는 독자층을 헤아렸으니 어림짐작 정도라도 해야 한다. 서점 직원의 조언을 바탕으로 유사서들이 얼마나 팔렸는지, 최상과 최하를 알아보고 예상한 것을 적는다.

| 광고 문구나 책 제목은 신중하게

'이 책은 이런 책이다' 하고 세 문장으로 요약해달라는 주문은 어떻게 할까. 자신의 책이니까 고심해보자. 주변에 도움을 받을 수도 있고, 이럴 때 멘토가 있다면 의견을 얻을 수도 있으리라. 없다면? 혼자 풀어나가는 방법밖에 없다. 다시 자신에게 '말하듯이 질문하라'를 상기해보라. 표지용 문구나 이 책을 광고할 경우 헤드카피(head copy)로 쓸 수 있는, 핵심 문구도 마찬가지다. 인터넷 서점에 들어가면 다양한 광고 문구를 볼 수 있으니까 참고해서 하나씩 작성해보자.

처음부터 잘할 수 없다. 나도 처음에는 세 문장은커녕 한 권 분량을 원고지 1매로 요약하는 데 힘들었다. 시골집을 구한 원고 내용을 줄이고 줄이다가 문득 아, 탄성과 함께 제목으로 쓰면 좋겠다는 문장이 떠올랐다. 부지런히 종이에 써나갔다. '1억대 초반으로 수도권에서 시골집 구하기'다. 좀 더 다듬어 '1억으로 수도권에서 시골집 구하기'로 정했다.

나중에 출판사에서 『1억으로 수도권에서 내 집 갖기』로 냈다. 아직도 나는 내용에 충실한 제목인 '1억으로 수도권에서 시골집 구하기'에 미련이 남는다. 시골집을 구하는 전반적인 내용이므로 저자는 내용에 충실한 제목을 지으려고 하고, 편집자는 시장의 요구에 따라 책 제목을 지으려고 하기 때문에 차이가 생긴다.

이런 과정을 거치면서 출판사에서 요구하는 광고 문구도 잡아나간다. 나중에는 출간기획서를 쓰는 일도, 출판사의 질문에도, 더 나아가 자신이 뜻밖의 제안도 할 정도로 발전해 있는 걸 깨달았다. 처음에는 막힐 때마다 스트레스를 받았다. 솔직히 말하면 왜 이런 것까지, 하는 마음이 컸다. 그래도 참고 하나하나 자신에게 '말하듯이 질문하라'를 통해 답을 찾아나갔다. 주변에 의견을 물으면서 우여곡절을 거쳐 지금 이 글을 쓰고 있다.

| 홍보 매체와 마케팅도 겁먹지 마라

책을 홍보하기에 적절하고 효과가 높다고 생각하는 잡지, 신문, 기타 매체는 어디인가? 그 매체의 담당기자 가운데 소개시켜 줄 만한 사람이 있는가? 광고 캠페인에 어울릴 만한 문구를 한 가지만 표현하라는 질문에도 아는 데로 적고, 모르면 모른다, 없으면 없다고 사실을 밝힌다.

발간 후 가능한 마케팅 방법은 어떤 것인가? 특별한 홍보 계획이나 판촉 계획이 있는가?(언론 홍보, 방송 출연, 출판기념회, 강연회 등) 하는 것도 묻는다. 미처 생각지 않았다면 이번 기회에 궁리해보는 것도 좋다. 나 역시 홍보 방법은 어느 정도 알고 있어도 세세히 정리해놓지 않아서 이런 질문을 보고 구상해보았다.

이 책의 홍보, 마케팅, 판매에 도움이 될 만한 다른 정보가 있느냐고 끈질기게 요구하는 출판사도 있다. 이런 질문을 거쳐 나도 한 걸음 더 나아가고 한층 시야가 넓어졌음은 말할 것도 없다. 왜 아니겠는가. 한두 푼이 들어가는 일이 아니니 출판사도 신중히 돌다리를 두들겨볼 수밖에 없다. 역지사지까지 가지 않아도 나중에는 충분히 이해했다.

| 답할 수 없는 질문은 건너뛴다

경쟁 도서로 생각하는 책의 판매 부수를 묻는 질문도 있다. 뉴스에 나왔거나 특별한 경우가 아니면 알 수 없다. 이런 질문에 골머리를 싸맬 필요는 없다. 건너뛰면 된다. 저자가 알고 있는 매체의 기자 이름과 주소, 연락처까지 물어 당황하게 만든다. 없는 경우는 왠지 불이익이 따를 것 같고, 있을 경우에는 계약도 하지 않았는데 선뜻 써내기가 쉽지 않다. 이처럼 이건 너무하지 않나, 하는 문항도 간혹 있다. 이런 무리한 요구에는 아무래도 마음을 접을 수밖에 없다.

친절하게 안내하는 출판사도 있다. 접수한 원고는 반환하지 않는다, 파일로 접수되었을 경우 검토 완료 후 파기하겠다, 참고로 완성한 원고를 받고 책을 출간하려면 원고지 1000매 기준, 최소한 6주에서 8주 정도의 시간이 걸린다, 책을 출간하기 전에 저자에게 두 번 정도 원고를 검토하는 시간을 준다, 기획안만 준비했을 때는 10~20쪽 샘플 원고를 보내달라는 내용이다.

몇몇 질문은 몹시 까다롭고 복잡하다. 그래도 이 과정을 거쳐야 출판사를 만날 수 있으니 인내심을 발휘하라. 답해나가다 보면 어느새 한 걸음 훌쩍 자란 걸 느낄 수 있다.

자신의 가능성을
어필하라

2천 번의
거절과
한 번의
응답

내 아이디어는 내가 지킨다

눈을 확 사로잡는 이메일 쓰기

답장이 없는 이유가 있다

거절 메일도 성실히 임하라

내 아이디어는
내가 지킨다

출판 문의를 할 때 원고까지 보내는 건 생각해봐야 한다. 출판사에서는 출간기획서를 보고 원고 일부나 전체를 요청하기도 한다. 계약하기 전이면 심사숙고하라. 일반 창작물도 마찬가지지만 실용서의 경우 정보를 담은 원고는 특별히 조심할 필요가 있다. 설마, 하다가 억울한 일이 벌어질 수도 있고, 아이디어만 빼앗기고 유사서가 먼저 나올 수도 있다.

어렵게 계약했는데 다른 출판사에서 유사한 책이 먼저 나왔다면 기분이 어떨까? 반가움은 잠시고, 미묘한 감정에 휩싸인다. 유사서가 나오면 시너지 효과가 일어나 서로 도움이 되겠다는 생각이 들지도 모른다. 그러나 불리해질 확률이 더 높다. 베스트셀러처럼 독자가 확산되는 책이 아닌 경우 대개 수요가 한정되어 있기 때문이다.

흔한 일은 아니지만 사석에서 흘러나온 남의 기획 아이디어를 가져다가 성공시킨 사례도 있다. 또 이미 계약한 저자한테 더 나은 조건을 제시하며 가로채는 출판사도 있다고 한다. 저자를 빼앗은 출판사나 저자 모두 문제가 아닐 수 없다.

신문 방송에서 표절이니 도용이니 하며 소송이 벌어지는 뉴스를 보면 남의 일 같지 않다. 아이디어를 빼앗겨서 벌이는 소송도 있고, 출판사와 저자 간에, 저자 사이에도 분쟁이 일어난다. 속 시원하게 누가 저작권자라고 밝힐 수 없다면 무척 갑갑한 일이다.

문장 때문에 살인이 벌어졌다는 고사를 읽으면 놀랍다.

절에서 독경 소리 끝나자마자(琳宮梵語罷)
하늘은 유리처럼 깨끗해지네.(山色淨琉璃)
—『한시미학산책』(170쪽, 정민, 솔출판사 2003년)

정지상이 지은 시다.

이 시구를 김부식이 좋아하여 자기 것으로 해달라고 했으나 정지상은 끝내 허락하지 않았다. 이에 앙심을 품은 김부식이 사건을 꾸며 정지상을 죽였다는 것이다.

사실 여부를 떠나 문장에 대한 애착은 지금이라고 별다르지 않다. 작가들끼리는 이야기를 하다가 지금 한 말 나 줘, 이거 내가 써도 되지? 하는 말을 주고받는다. 이런 말을 상대한테 들으면 뿌듯하면서 아까운 마음이 스쳐 웃음이 난다.

2015년 6월은 유명 작가의 표절 시비 때문에 문단과 독자들을 충격에 빠뜨렸다. 어떤 심사위원은 소설 심사에서 떨어뜨린 응모작을 자신의 작품으로 발표했다는 기사도 있어 놀랐다. 모두 표절 사건으로 알게 된 내용이다. 논란이 일자 『한국문학의 거짓말』이라는 비평

서가 조명을 받았다.

2012년 SBS에서 방영한 〈드라마의 제왕〉에서도 표절에 휘말린 이야기를 다뤘다. 드라마에 작가로 나오는 정려원이 오래된 플로피 디스크를 찾아 표절 시비를 밝혀내는 부분에서 깊은 인상을 받았다.

파일은 언제 만들었는지 알 수 있다. 한글hwp에서 〈파일〉→〈문서정보〉→〈문서통계〉에 보면, 맨 처음 만든 날짜와 마지막으로 수정한 날짜가 나온다. 더 간단한 방법도 있다. 파일에 마우스를 대고 오른쪽을 클릭하면 맨 아래 〈속성〉이 나온다. 그것을 클릭하면 만든 날짜와 수정한 날짜, 접근한 날짜까지 알 수 있다.

한 번은 출간기획서를 보내면서 아찔한 순간을 겪었다. 폴라로이드 사진시집을 출간 의뢰할 때 벌어진 일은 지금 생각해도 의문이다. 사진시집이라 내용을 보기 편하도록 파워포인트에 편집해서 보냈다. 파일에 쓴 사진은 용량이 작아 다른 데 가져다 쓸 수 없기 때문에 유출될 염려가 없다.

그런데 한 출판사 담당자에게서 원본 사진을 웹하드에 올려달라는 이메일이 왔다. 담당자가 출간기획서를 검토한 후라고 여겨 이상하다는 생각을 전혀 못 했다. 평소 좋아하던 출판사라 기쁜 마음에 묻지도 따지지도 못하고 사진 전체를 웹하드에 올렸는데 그 후 아무 소식이 없어서 답답했다.

상당히 알려진 출판사라 별 의심 없이 보내고 나서 은근히 반가운 소식이 오기를 기다렸다. 며칠 지나서야 슬슬 의문이 생겼다. 이메일을 보내도 아무런 답장이 없어서 한동안 송사를 벌어야 하나, 하는 생각으로 가슴 졸였다.

　지금 같으면 100장도 넘는 사진을 웹하드에 올리기 전에 이유를 묻고, 설령 그 요청이 합당하다고 해도 계약 전이라 전부 보내지 않았을 텐데 그때는 미처 생각지 못했다. 사진도 일부만 보내고, 다른 용도로 사용할 수 없도록 워터마크라도 만들어 보냈겠지. 경험 부족을 탓하기에는 뭔가 이상했다.

　중요한 사진이나 정보를 담은 원고는 조심하라. 핵심 내용을 담은 원고는 피하고, 샘플 원고를 준비해 보낸다. 가장 큰 정보가 되는 내용을 계약 전에 보내놓고 가슴 졸이는 일은 피하는 게 상책이다. 이 책에서 중요한 정보는 이메일을 수집하는 방법이다.

　정보라는 것이 알고 나면 콜럼부스의 달걀 세우기처럼 별것도 아니지만 모르면 생고생이라 요긴한 법이다. 이러한 정보를 아무런 의심 없이 보내는 일은 신중해야 한다. 기밀성 정보로 주목을 끌려는 생각에 덜컥 보내기부터 하면 손에 든 패를 전부 다 보여주는 것이나 다름없다.

　독특한 개성을 담은 원고도 조심해야 한다. 출판사에서는 탈락한 원고는 보통 폐기한다고 한다. 출간 의뢰 과정에서 샘플 원고를 보냈는데 거절하면서 받은 원고는 폐기하니까 걱정하지 말라고 몇 군데 출판사에서 말해주었다.

　또 어느 출판사와 통화하면서 '계약하지 않았는데 원고를 다 보자고 할 수는 없지만, 전부 다 보내시지도 않겠지만' 하는 말을 들었다. 당시에는 원고를 쓰기 전이라 보낼 수도 없었다. 뒤늦게 원고를 보낼 때는 신중해야겠다고 생각했다.

이런 걱정을 잠재우려면 한국문예학술저작권협회(www.copyrightkorea.or.kr)에 저작권을 등록하는 방법이 있다. 원고를 보내기 전에 하면 되는데, 저자가 직접 하기는 현실적으로 쉽지 않다. 원고 중에 중요한 내용을 담고 있는 꼭지는 아예 보내지 않는 편이 안전하다.

나만 힘들게 책을 내왔는지 기존에 나와 있는 책쓰기 책들은 저자만의 경험담이나 우여곡절이 대부분 없다. 고통스러운 내용도 다루지 않아 아쉬웠다. 그도 아니라면 마음 상하거나 가슴 졸인 부분은 구태여 말할 필요가 없어서일까. 아니면 아무런 문제없이 책을 내와서 그런지 알 수 없다. 아무 문제없이 책을 낼 수 있는 비법을 알려주면 얼마나 좋을까.

아무튼 조심해서 나쁠 것은 없다.

핵심 정보를 담은 원고와 개성 있는 원고는 되도록 조심해야 한다는 걸 명심하라.

눈을 확 사로잡는 이메일 쓰기

힘들게 여기까지 왔다. 멀게만 느껴졌던 고지가 눈앞에 다가왔다. 원고와 출간기획서, 지은이 소개도 준비했고, 이메일도 수집해두었다. 지금부터는 출판사에 자신의 원고를 알릴 방법이 남았다. 이제는 어느 출판사에 어떻게 보내야 할지 마음 든든한 고민이다.

출간 의뢰를 하는 방법은 보통 세 가지다.

첫 번째는 이메일로 보내는 방법이다. 이 방법이 제일 편하다.

두 번째는 출판사 홈페이지에 직접 올리는 방법이다. 게시판에 직접 올리는 방법과 세부적으로 나눈 항목에 답하는 형식이다. 게시판에 원고를 올리는 경우가 그나마 수월하다. 항목으로 나눈 곳에 답할 때는 미리 써둔 출간기획서를 질문에 맞춰 옮기고 부족한 부분은 채운다.

질문 내용은 기획 의도, 대상 독자, 차례, 원고 탈고 시기, 출간 희망 시기와 그 이유, 경쟁 도서 분석과 현황, 이 책들과 비교할 때 장점과 특징은 무엇인가? 마케팅 계획, 홍보, 판촉, 예상가, 예상 판매 부수, 특별히 원하는 편집 방향과 디자인에 대한 의견(사진, 일러스트, 부

록 등), 그 외 하고 싶은 말이나 요구사항이다.

전체 원고를 부득이 보내야 할 때는 파일 용량을 보고 넘치면 압축해 올린다. 압축하는 방법은 파일에 마우스를 대고 오른쪽을 클릭하면 알집으로 압축하기가 나온다. 그대로 따라 하면 된다. 사진이나 자료가 많을 경우에는 용량이 크므로 압축해야 보낼 수 있다.

세 번째는 출판사에서 만든 출간기획서 양식을 다운 받아 답하는 방식이다.

질문 내용은 두 번째와 비슷하고, 좀 더 세분화한 것도 있다. 세 번째 경우엔 준비한 출간기획서도 함께 보낸다. 복잡하고 까다로운 질문도 있지만 일부 출판사가 요구하는 것이니까 겁먹을 필요 없다. 미처 생각지 못한 질문이 있다면 인터넷 서점에 들어가서 유사한 책을 참고한다.

이 세 가지를 유념해두면 어떤 형식을 만나도 당황하지 않는다. 자신의 원고가 어느 분야에 속하는지 알아보고 같은 분야를 출판하는 출판사도 추려냈다. 이 안에서 평소 마음에 두었거나 자신의 책이 나오면 좋겠다고 생각한 출판사부터 보낸다. 이 일은 의외로 시간이 많이 걸린다. 하루 종일 매달려도 20개 이상 보내기가 쉽지 않다. 단체 메일 발송도 삼가야 한다. 일일이 출판사마다 보내는 게 좋다.

물리적인 시간 때문에 나름대로 순서를 정해놓지 않으면 생각지도 못한 출판사와 계약이 끝난 뒤에 원하던 출판사에서 연락이 올 수도 있다. 미연에 방지하기 위해 기준을 세운다. 하루에 10군데나 20군데를 보내야지, 해도 열흘 동안 100~200군데밖에 안 된다.

보낼 순서를 정할 때 인터넷 서점을 참고하면 편리하다. 자신이 내려고 하는 책과 비슷한 책을 검색해보면 여러 책들이 주르륵 나와 있다. 출판사를 클릭하면 출간 목록을 한눈에 볼 수 있다. 오래된 출판사는 종수가 많고 신생 출판사는 적을 것이다.

교보문고의 경우 판매가 많을수록 추천지수도 높다. 추천지수란 베스트셀러+스테디셀러+기관/미디어 추천+수상작을 집계하여 지수화한 것을 말한다.

예스24의 경우는 책에 판매지수라는 걸 표시해두었다. 최근 6개월간 판매와 주문 건을 종합해 계산해낸 수치다. 출판사를 클릭하면 출간 목록을 볼 수 있다. 판매수치가 높은 책이 많을수록 잘되는 출판사라고 가늠할 수 있다. 판매지수가 10000에서 100000 단위까지 높은 책도 있고, 1000 단위 이하로 낮은 책도 있다. 판매지수가 높은 책이 많은 출판사가 있고, 어떤 출판사는 수백 내지 수십으로 낮다.

이런 자료를 근거로 우선순위를 두고 보낸다. 이때 출간기획서와 원고 샘플을 2~3꼭지 정도 보낸다. 원고를 어느 정도 준비했다는 것도 명시한다. 출판사에서 필요하다고 생각하고 있던 책인데 출간기획서까지 탄탄하다면 연락해올 것이다.

보내는 방법은 출간기획서만 먼저 보낸 후에 원고를 보자고 하는 출판사에만 샘플 원고를 보내기도 하고, 처음부터 샘플 원고를 보내기도 한다. 이때는 클릭 한 번으로 다 볼 수 있도록 출간기획서 끝에 샘플 원고를 덧붙인다. 이메일을 보낼 때는 책 제목과 함께 간단한 내용을 쓴다. 제목은 물론 가제목이다.

예를 들면 다음과 같다.

[1억으로 수도권에서 시골집 구하기] 출간기획서입니다

[나도 작가다: 책 쓰기 어떻게 출판할까] 출간기획서입니다

혹은

[출간문의] 나도 작가다 출간기획서입니다

　이메일은 인사말을 쓰고 원고 내용을 간략하게 쓴다. 지금까지 해온 것처럼 이야기를 한다. 5분 정도 책을 요약해서 출간기획서를 썼듯이 다시 1분 정도로 요약해서 말해본다. 어떤 책이고, 왜 출간하려고 하는지를 중심으로 쓴다. 맨 끝에는 이름과 연락처를 적는다. 이 내용을 텍스트파일에 저장해두고 출판사에 보낼 때마다 복사해서 쓴다. 출간기획서 끝에도 이름과 연락처를 쓴다.

　간혹 출판사 명을 쓰고 인사말을 하는 경우가 있는데 이럴 때는 복사해서 쓸 때 주의해야 한다. '하늘출판사' 이름을 쓴 채 '구름출판사'로 보내는 우를 범하지 말라. 잘못 쓴 상호를 받으면 기분 좋을 리 없다. 나처럼 이름 외우기가 힘들어서 남들이 내 이름을 잘못 불러도 괘념치 않은 사람은 드물다. 입사지원서에 회사명을 잘못 써서 보낸 경우는 곧바로 탈락시킨다고 한다.

　메일은 눈동자를 크게 움직이지 않는 범위에서 행간을 바꿔 쓰도록 한다. 화면에서 가로로 8~9cm 정도면 무리가 없다. 줄바꾸기를 적절히 하지 않고 끝까지 용건을 쓰면 시선이 길어져서 간단한 내용

도 길게 느껴진다. 가독성 있게 행간도 바꿔서 짧게 쓴다.

제목 : 〔출간 문의〕 나도 작가다

안녕하세요?

〈나도 작가다: 책 쓰기 어떻게 출판할까〉는

일반인이 책을 내려면 어떻게 해야

출판사 문을 '제대로' 두드릴 수 있는지

안내하는 원고입니다.

최근 몇 년 전부터 〈책쓰기〉에 대한 책이 나와 반갑습니다마는

제일 중요하다고 할 수 있는,

출판사를 만나는 방법을 안내한 책이 없거나

있어도 부족하기에 기획하게 되었습니다.

저 역시 긴 세월 원고를 준비해 출판사를 찾아다녔습니다.

책 한 권을 출판하기 위해 2천 군데 이상 이메일을 보내며 노력해도

책으로 나오기까지 무척 힘들었습니다.

이 원고는 그런 과정에서 얻은 귀중한 정보를 담아

책을 내고자 하는 이들과 공유하고자 합니다.

모쪼록 바쁜 외중에 검토해보시고

좋은 결과 있기를 고대합니다.

제목 : 〔출간 문의〕'1억대 초반으로 수도권에서 시골집 구하기'

안녕하세요.

'시골집 구하기(가제)' 출간기획서입니다.

바쁘신 중에도 검토하셔서 모쪼록 좋은 결과 있기를 기대합니다.

"1억대 초반으로 수도권에서 시골집 구하기"

인터넷에 시골집 구하기를 검색해보면

다양한 이유로 시골집을 원하는 사람은 많으나

막상 정보를 얻으려면 없고

모두 어렵다, 힘들다, 고생했다는 내용뿐입니다.

황홀할 정도로 멋지게 고치고,

인테리어를 한 책자는 넘칠 정도로 많은데

정작 집을 구하는 방법이나 정보를 담은 책은 없어서

저 역시 숱한 시행착오를 거쳤습니다.

이 원고는 지난 9개월 동안 직접 부딪쳐서 얻은 생생하고

구체적인 정보로 시골집을 구하는 방법에 대한 내용들을 담아

귀촌을 희망하는 이들과 공유하고자 기획하게 되었습니다.

좋은 결과를 기대한다는 마지막 인사말을 쓰고 끝낸다.

나중에는 제목을 조금 줄여 '1억으로 수도권에서 시골집 구하기'

로 바꿔서 보냈다. 이렇게 샘플 하나를 만들어두면 다음 작품을 보낼

때도 이런 형식과 내용을 참고 삼아 바꿔서 쓰면 되니까 매우 편리하다. 끝에 이름과 전화번호를 쓰는 것도 잊지 말라.

답장이 없는 이유가 있다

출판사에 출간의뢰서를 보냈다면 이제 기다리는 일만 남았다. 홈페이지에 출간 의뢰를 한 경우에는 원고 접수를 마쳤다는 이메일이 바로 온다. 처음에는 벌써 검토했나 싶어 살짝 놀랐다. 자동 프로그램으로 오는 것이라고 짐작했다.

메일 중에는 여러 가지 이유로 되돌아온다. 오랫동안 정리하지 않아 꽉 찼기 때문에, 다른 메일을 사용해서 구 메일은 관리하지 않아 메일이 넘쳐 들어가지 않기도 한다. 판권에 있는 이메일로 보냈는데도 이런 일이 벌어진다. 며칠씩 지나도 열어보지 않는 곳도 있다. 상대가 아웃룩익스프레스로 열어보면 수신 확인을 알 수 없는 경우도 있다. 당연히 단어나 숫자 하나를 잘못 써도 안 된다.

홈페이지에 있는 이메일로는 송수신을 할 수 없다는 걸 알면서도 그대로 두는 출판사도 있다. 홈페이지를 만들면서 부실공사를 해서 그렇다. 집 지을 때 수도관을 연결해놓지 않고 수도꼭지만 만들어놓으면 물이 나오지 않는 것과 마찬가지다. 이럴 경우 답장이 오지 않는다고 애태울 거 없다. 이렇게 무신경한 출판사에 애쓸 필요가 있을까 싶다.

열어보지도 않고, 답장도 없는 이메일에 기죽지 마라. 장기 출장 후 한 달 만에 이메일을 열어보고 미팅을 제안한 경우도 있다. 출장 중에도 이메일은 볼 수 있을 텐데, 하는 생각이 들겠지만 사정이 있었으리라.

한 출판사에 여러 직원한테 이메일을 보낼 때도 있다. 담당자는 거절했는데 사장이나 주간이 보자고 하는 경우도 있다. 이럴 때는 담당자가 거절했다고 말해야 한다. 알리지 않고 검토를 다시 했나 싶어 발걸음을 하면 보자고 한 이가 뒤늦게 담당자가 거절한 사실을 알고 난처해한다. 결국 헛수고만 하고 만다. 만약 검토하기로 결정했다면 적어도 담당자가 다시 연락할 것이다.

발 빠른 출판사는 즉시 답을 주기도 한다. 곧바로 전화가 오는 출판사는 긍정적이다. 답장을 준 출판사는 전체 원고에 대해 궁금한 점을 묻기도 하고, 이메일을 잘 받았으니 얼마간 검토한다고 친절하게 설명한다. 이후에 거절하기도 하고 감감무소식도 있다.

애써 보낸 출간 의뢰에 대해서는 일언반구 말도 없고 기다렸다는 듯이 출판사 홍보만 꾸준하게 오는 곳도 있다. 이름 옆에 '투고자'라는 표시를 붙인 채 출판사 홍보물을 보내는 출판사도 있다. 많은 사람에게 원고 투고를 받아 의례적으로 보내겠지만 '(투고자)'라고 적힌 메일을 받으면 얼굴이 달아오른다.

반응이 없는 것보다 거절 답장이라도 받으면 반갑다. 우리 출판사와 편집 방향이 맞지 않는다는 기계적인 것부터 가슴을 울리는 것까지 다양하다. 반려하는 연유를 쓰거나(대부분 출판 시장이 여의치 않다는 내용이지만), 다음 기회를 기대한다는 말로 용기를 주는 출판사도 있다. 조목조목 고심한 흔적을 보인 답장은 거절했음에도 감동을 받는다. 오랫동안 가슴에 남아 힘이 된다.

샘플 원고를 보고 싶다거나, 반만이라도 보고자 하거나, 완성한 원고를 보았으면 하는 경우도 있다. 샘플 원고를 본 후에 거절하기도 하고, 원고를 언제 마감하느냐고 그때까지 기다리겠다면서 결심을 세우지 못하는 출판사도 있다. 이런 출판사는 모르긴 해도 계약까지 가기는 힘들어 보인다.

출판사도 제작 비용이 발생하는 것이므로 쉽게 결정하기 힘들겠지. 더군다나 검증된 저자가 아닐 때는 더 망설여질 테니 마음 상할 필요 없다. 그때까지 계약하지 않은 상태면 물음에 답을 성실히 하고, 검토해줘서 감사하다는 인사를 하길 바란다.

만약 그 사이 계약을 했다면 그 상황도 알려주고 역시 감사 인사로 마무리 짓도록 한다. 출판사와 저자는 중요한 파트너니까 관계를 잘 유지하는 게 좋다. 거절한 출판사라도 감사한 마음을 담아 답장을 하라. 거절하는 출판사도 시간 들여 쓰면서 마음이 편하진 않았을 것이다. 이 이야기는 다음 편에 나올 「거절 메일도 성실히 임하라」에서 다시 다루겠다.

전화가 없다고, 답장이 없다고 좌절할 필요는 없다.

계약할 때까지 의지를 굳게 세울 필요가 있다.

거절 메일도 성실히 임하라

한 치 앞도 모르고 사는 게 인생이다. 살아가면서 전화위복도 겪고 인생 새옹지마도 만난다. 살아온 세월이 길면 긴 만큼 경험도 늘어난다. 수많은 경험에서 지혜를 얻기도 하고, 아무리 경험이 많아도 깨닫지 못하면 '위복'은커녕 '전화'만 반복할 뿐이다.

살다 보면 상종하고 싶지 않은 사람을 만나기도 한다. 나한테 해를 끼친 것도 없는데 상대가 저지른 어떤 행위를 알고 있으면 마주하기가 버겁다. 그래서 외면하다시피 해왔는데 정작 나한테 어려운 일이 생겨 그 사람한테 부탁해야 하면 괴롭기 짝이 없다.

내가 한 짓을 아니까 섣불리 부탁할 염치가 없다. 눈을 제대로 마주치기도 힘들다. 거절하면 어쩌지, 하는 마음이면서도 딱히 부탁할 곳이 없어 손을 내밀 수밖에 없는 처지라 한없이 민망하다. 어쩌다 마주치면 못마땅한 표정을 그대로 드러냈는데도 아무렇지도 않게 도움을 주면 그야말로 쥐구멍에 숨고 싶은 심정이다.

'돌아설 때 뒷모습이 아름다워야 한다'는 말을 들춰낼 필요도 없다. 정채봉의 『그대 뒷모습』이 떠오른다. '진실로 아름다운 것은 아마도 그 사람이 뒤돌아설 때의 뒷모습이 아름다운 사람일 것이다'라는 글귀를 돌이켜보자.

앞모습만 보고 웃으며 만났다가 사소한 일로 얼굴을 찡그리기도 한다. 그럴 때마다 돌아선다면 끝까지 만나는 사람이 몇 명이나 남을까. 손뼉도 마주쳐야 소리가 난다는 말을 되새겨, 책을 내고자 할 때는 거절에 익숙해지라는 말을 강조하고 싶어서 이야기가 길어졌다. 거절당했다고 다시는 안 볼 것처럼 쌩, 하고 돌아서지 말라.

거절하는 이메일에도 답장을 써라. 인사말과 함께 바쁜데도 검토해주셔서 감사하다, 인연이 되지 못해 아쉽다, 다음 기회를 기대해보겠다는 내용으로 진심을 담아 보내라. 따로 하고 싶은 말이 있으면 그것도 적어 보낸다.

지금 이 글을 쓰는 것도 거절을 받고도 감사한 마음을 잊지 않고 있어서 계약까지 이르렀다. 와이즈북은 6년 전에 창작물을 출간 의뢰하는 과정에서 만난 출판사다. 신랄할 정도로 조목조목 작품 평을 보냈는데 마음을 울렸다. 당시만 해도 실용서에 대해서는 잘 모르고 있던 시절이다.

그러니 이 출판사가 어떤 분야의 책을 출간해왔는지도 모른 채 그저 내 원고에 관심이 있기를, 그래서 출판까지 이어지기를 바라는 마음뿐이었다. 거절한 답장인데도 여러 번 읽었다. 읽으면서 무슨 말인지 알겠는데, 그럼 어떻게 해야 하지? 하는 되물음에는 답을 찾을 수 없었다. 이번에 다시 읽어보니까 무슨 말인지 확실히 알게 되었다.

세월이 흘러서 알아들었을 수도 있고, 무엇보다 실용서를 내고 난 후에 깨달은 세계가 있어서 이해할 수 있었을 것이다. 여기에 앞서「쓸 수 있는 책과 쓰고 싶은 책」과「책이 탄생하는 순간」에서 말했듯이 같은 말도 이처럼 때가 있는 모양이다. 이메일을 보낸 후에 계속 확인해보니까 며칠이 지나도록 '읽지않음' 표시인 채다. 바쁜 모양이라고 조바심을 내다 전화했다.

통화하며 지금까지 지내온 세월과 출판한 일에 대해, 그리고 이번에 『나도 작가다』 출간기획서를 보냈다고 말했다. 처음에는 기억에 없는지 잘 모르다가 생각해냈다. 기쁜 마음에 만나자고 해서 계약까지 이루었다. 물론 쉽게 계약한 건 아니다. 어찌 됐든 거절 메일도 챙겨야 한다는 걸 증명해 보인 셈이다. 사람과의 인연을 소중히 간직해 여기까지 왔다.

한 치 앞도 모르는 인생의 주인공이 바로 자신이다.

거절하는 답장에 정답이 들어 있는 경우도 있다.

그러니까 거절 메일에도 성실히 임하라.

이메일 제대로 보내는 방법

자신의 원고가 어떤 분야에 속하는지 점검할 것

원고가 어떤 분야인지 알아야 실수를 줄일 수 있다. 그다음은 출판사에 이메일을 보내기 전에 최근 2~3년 동안 어떤 분야를 주로 출간한 출판사인지 확인하면 더 확실하다. 홈페이지가 없는 출판사는 인터넷 서점에 들어가서 자신이 보내려고 하는 출판사를 클릭해 최근 출간 목록을 확인하고 이메일을 보낸다.

책이 잘 팔리고 있는지 확인할 것

이메일을 보내려는 출판사를 인터넷 서점에서 검색하면 자신이 보낼 분야의 책은 물론이고, 다른 분야의 책도 얼마만큼 팔리고 있는지 알아볼 수 있다. 가능하면 판매가 활발한 출판사를 선택하는 게 유리하다. 검토하는 데 최소 한 달은 물론, 두 달에서 네 달씩 걸리는 대형 출판사에 비해 신생 출판사나 규모가 작은 출판사는 검토 기간이 짧아 빠른 회답을 받아볼 수 있다.

개점 휴업 상태인지 확인할 것

개점 휴업 중인 출판사도 있고, 폐업한 출판사도 있다. 인터넷 서점에서 확인할 수 있다. 다른 출판사에서 인수해 재정비 중인 경우도 있다. 몇 달, 혹은 몇 년 동안 책이 나오지 않는 경우도 있는데, 이것이 일시적인지 아니면 폐업한 상태인지 알아보고 보내라.

폐업 여부는 문화체육관광부(www.mcst.go.kr)에 들어가서 상단 바 〈자료 공간〉 → 〈출판사/인쇄사〉를 클릭해 알 수 있다. '출판사/인쇄사 검색 시스템 (http://book.mcst.go.kr)'으로 바로 들어가도 확인할 수 있다.

PART 6

작가로 키워줄
출판사를 만나라

좋은
출판사
나쁜
출판사

어떤 출판사가 좋은 출판사일까?

과연 어떤 출판사가 좋은 출판사일까? 좋은 책을 만드는 출판사가 좋은 출판사다. 좋은 책의 기준은 뭘까? 베스트셀러일까, 아니면 스테디셀러일까, 트렌드를 정확히 읽고 독자의 욕구를 잘 반영한 책일까. 베스트셀러도 많이 내고 트렌드를 잘 포착해 독자들에게 사랑받는 출판사라면 더할 나위 없을 것이다.

2013년 6월 10일 기준으로 문화관광부에 신고한 출판사 수는 4만 6395개다. 정말 많다. 이중에서 책을 내면서 출판업을 계속 꾸려가는 출판사가 7036곳뿐이라니 15퍼센트를 조금 넘는다. 매출 실적이 있는 출판사는 2012년 기준 4147군데라고 하니까 많은 출판사들이 거의 개점 휴업 상태나 마찬가지다. 그래도 4천여 곳이 운영 중이라면 희망이 있다.

저자에게 좋은 출판사란 원고를 이해하고 더 좋은 방향으로 이끌어주고, 여러모로 능력 있는 곳이다. 기획력도 뛰어나서 누구에게도 좋은 책이라는 소리를 듣는다면 행운이다. 원고 장점을 부각하고 모자라는 부분이 있다면 보완하도록 요구하고, 불필요하거나 취약한 내용은 '저자와 상의'한다면 얼마나 좋을까. 원고를 매끄럽게 이끌어주는 편집자를 만난다면 안심하고 맡길 수 있다.

책은 어떻게 만들고, 홍보와 마케팅은 어떻게 할 계획인지, 영업 전반에 대한 것까지 알려준다면 저자는 기쁘고 믿음이 간다. 그런데 이런 출판사를 만나기가 쉽지 않다. 처음 책을 내는 저자라면 홍보나 마케팅은 깜깜하고, 얼추 짐작한다고 해도 뭘 어떻게 해야 하는지 모른다.

그래서 계약하기 전에 원고 내용을 자세히 물어보는 출판사는 일단 믿을 만하다고 할 수 있다. 물론 출판사에서 오래전부터 고대하던 원고라면 충실하게 짠 출간기획서만 보고도 계약하자고 한다.

출판사는 중요한 정보가 될 만한 내용을 굳이 캐묻지 않는다. 이 책을 쓰게 된 동기와 어떤 내용들로 구성했는지 대강 이야기를 들어보고 싶어 한다. 원고는 얼마나 썼는지, 몇 매 정도인지, 하는 것들을 묻는다. 이때 성실히 답하면 된다. 과장할 필요도 없고, 너무 조심한 나머지 아무것도 알려주지 않겠다는 자세도 곤란하다.

원고를 다 썼으면 전체 매수를 알려주고, 차례나 구성만 한 상태면 내용과 예상 매수를 말한다. 차례와 원고 일부를 마감했다면 그 상황을 말하고, 언제쯤 마감할 수 있을지 밝힌다. 통화를 하면서 출판사도 저자 이미지를 그려보겠지만 저자 역시 어떤 출판사인지 이미지가 떠오를 것이다. 대부분 정중하고 우호적이므로 걱정하지 않아도 된다. 면접을 보는 셈이니까 적극적으로 임하되 중요한 정보가 될 만한 것은 일단 미루고 대화하도록 한다. 경험을 해봐야 좋은 출판사인지 나쁜 출판사인지 판단할 수 있으니 섣불리 단정하지 않는 게 좋다.

개중에는 사회에 좋은 일도 많이 한다. 인터넷에서 출판사 상호나 대표 이름, 또는 편집장 이름을 검색하면 어떤 활동을 하는지, 무슨 일로 기사가 나왔는지 알 수 있다. 반면에 나쁜 평판을 듣거나 인터넷에서 보았다면 다시 생각해볼 필요가 있다.

평소 도서신문이나 출판 관련 홈페이지에 들어가서 어떤 소식이 있는지 살펴보는 것도 한 방법이다. 즐겨찾기에 담아두고 원고를 쓰면서 쉴 때마다, 또 정기적으로 드나들며 출판계 소식을 탐색하도록 한다. 아무래도 자신의 원고를 책으로 내줄 출판사가 사회에 여러 가지 좋은 일도 하고 있다면 뿌듯하다.

전화는 대표가 직접 하기도 하고, 편집장이나 편집주간, 혹은 담당자가 하는 경우도 있다. 계약서를 들고 찾아뵙겠다고 적극 나서는 출판사도 있고, 거두절미 계약부터 하자는 출판사도 있다.

이럴 때 가능하면 출판사에서 만나기를 권한다. 그래야 출판사 분위기도 알 수 있고, 그 출판사에서 나온 책을 선물로 받아볼 기회도 생긴다. 어떤 책을 출판해왔는지, 편집은 어떻게 했는지 눈으로 직접 확인해볼 수 있다.

드물지만 통화 중에 계약 조건을 먼저 밝히는 출판사도 있으니까 미리 자신의 계약 조건도 마음속에 정해두어야 당황하지 않는다. 출판 제작 비용은 얼마 정도 생각하느냐고 넌지시 묻는 출판사도 있다. 처음부터 자비 출판을 할 생각이라면 상담에 응하는 것도 방법이다.

출판 방식은 크게 세 가지다.

첫 번째는 가장 일반적인 형태로 출판사에서 비용 일체를 부담하는 경우다. 두 번째는 드물게 저자와 출판사가 반씩 부담하는 경우, 세 번째는 저자가 전부 부담하는 자비 출판이다. 이외에도 저자가 책을 일부 사주는 조건으로 계약하자는 출판사도 있다.

출판 방식에 대한 논의는 통화뿐만 아니라 계약하자고 해서 만나는 자리에서도 간혹 일어나니까 미리 자신의 계약 조건을 어느 정도 정해두어야 한다. 경험하기 전까지는 어떤 출판사가 좋은 출판사인지 알 수 없다. 책쓰기 관련서들도 좋은 출판사와 계약하라고 조언하는데, 영화처럼 별을 달아서 구분해주지 않으니까 본인이 직접 경험할 수밖에 없다. 결국 자신과 잘 맞는 출판사가 좋은 출판사다.

계약 전에 반드시 준비할 것들

살면서 누구나 이런저런 계약을 경험한다. 취직할 때 고용계약서를 쓴 경험도 있을 테고, 자동차를 살 때도, 휴대폰을 바꾸면서도 계약서

를 쓴다. 집도 처지에 맞춰 다양한 형태로 계약한다. 인생은 거부할
수 없는 계약의 연속이다.

계약할 때는 '갑'이었는데 계약을 이행하는 과정에서 '을'로 바뀌
어 '갑질'을 당하는 일이 벌어진다. 계약 당시에는 분명히 '갑'인데 '을'
로 전락한 기분이 들면 원상복구를 하고 싶은 욕구가 일어난다. 그래

서 소비자보호원도 있고, 언론중재위원회나 고용노동부 같은 곳이 있다. 분할 때는 이런 단체에 호소하는 방법이 있다. 그래도 억울함이 풀리지 않으면 소송을 해볼 수도 있다.

하지만 출판 계약은 참으로 어렵다. 출판 계약에선 일부 저자를 제외하고 '을'의 느낌을 받을 때가 있다. 책을 만드는 과정에서 뜻하지 않게 어려움을 겪는다. 계약한 직원이 책 편집까지 진행하지 않아 생기는 오해도 있고, 뜻이 맞지 않아 힘겨울 때도 있다. 이런 과정에서 힘들면 어디에 호소하기도 어렵다.

사안에 따라서 저작권보호센터나 한국저작권위원회 같은 곳에 호소하는 방법이 있지만 저자가 이곳을 찾아가 자신의 억울함을 토로하기가 쉽지 않다. 어렵사리 출판 계약을 하고 난 후에 생각지도 못한 일이 벌어지지 않도록, 만에 하나 분쟁이 일어난다 해도 상처를 조금이라도 덜 받으려면 계약을 제대로 해야 한다.

그렇다면 출판 계약을 어떻게 하면 잘할 수 있을까. 출판 계약은 조건을 잘 세워야 한다. 계약 조건에는 어떤 점을 염두에 둬야 할까. 계약 조건은 크게 세 가지를 점검해야 한다.

| 계약 기간

일반적인 계약과 달리 출판 계약은 원고가 책으로 나오고 몇 년 후까지 설정되어 있기 때문에 그 효력이 오래간다. 오래갈 뿐만 아니라 기대와 달리 독자 호응을 받지 못해 흐지부지하다 사장돼버리면 저자는 매우 속상하고 출판사에 미안한 마음이 든다.

계약 기간이라도 짧으면 원고를 새롭게 기획해서 다른 출판사를 찾아 재도전해볼 수도 있을 텐데 기간이 길면 말을 꺼내기도 송구하다. 자신의 책을 내주고 판매가 부진해서 출판사가 경제적으로 어려움을 겪고 있다면 더욱 말하기가 꺼려진다.

출판 계약은 어느 정도 시간이 지나면 계약이 소멸하거나 고쳐서 쓰거나, 변경해볼 수 있는 일반적인 계약과 다르다. 그러므로 기준을 미리 알고 어느 선에서 할 것인지 정해둬야 한다. 출판사는 길수록 좋겠지만 저자는 짧을수록 유리하다. 판매가 부진하다면 계약 만료 시에 계약을 해지하고 다른 방도를 찾을 수 있고, 판매가 그런대로 잘 되고 있다면 재계약할 때 부족한 부분을 채울 수 있기 때문이다.

계약 기간은 보통 5년이지만, 7년, 10년을 요구하는 출판사도 있다. 계약 전에 이 점을 미리 염두에 두고 있으면 합리적으로 대응할 수 있다. 나는 미처 헤아리지 못해서 3년이나 5년쯤으로 생각했다가 10년으로 늘어난 계약서를 보고 아연했다.

저작권

저작권이란 원고에 대한 권리다. 다시 말해 저자의 저작물을 보호받을 수 있는 권리를 말한다. 저작권을 보호받아야 원고가 훼손당하지 않고 책이 나올 수 있다. 원고가 훼손당하는 일이 다 있나, 하겠지만 실제로 벌어지니까 계약할 때 꼭 마음에 새겨야 한다.

저작권이라는 것을 모르는 사람도 있고, 나처럼 알고 있어서 짚고 넘어갔는데도 큰코다치는 일을 겪기도 한다. 이 부분을 소홀히 하면 나중에 골 아픈 일이 벌어질 수도 있으니까 주의하라. 저작권을 어느 선까지 주장할 수 있는가, 하는 점을 출판사와 심도 있게 의논하라. 당연하게 여겨 넘어가거나 대수롭지 않게 생각했다가 고통 받는 일이 벌어진다.

저자는 출판사가 원고의 장점을 살려서 편집하고 멋진 책을 만들 것으로 기대한다. 오탈자를 교정하고 잘못 쓴 내용이나 비문이 있다면 바로잡고, 더 좋은 방안이 있다면 저자에게 제안하고 요구해서 고치거나 보완한다고 생각한다. 편집하는 과정에서 독자들이 읽기 쉽게 순서를 조절하고 좀 더 매력적인 제목을 짓기 위해 애쓴다고 짐작한다.

좋은 편집자를 만나면 책은 날개를 달고 저자도 출판사에 좋은 저자로 거듭난다. 내가 지은 차례의 소제목을 보기 좋고 매력적으로 바꿔놓아 감탄하기도 하고, 일목요연하게 다듬은 것을 보고 배우기도 한다. 꼼꼼한 본문 교정을 보고 탄복한다. 편집자의 전문적인 손길을 거치면 하나의 완성품이 탄생한다.

그런데 간혹 잘 맞지 않는 편집자를 만나거나 경험이 일천한 편집자를 만나면 골탕 먹는다. 저자와 상의 한마디 없이 내용을 창작하거나 오류를 내서 원문을 훼손하기도 한다. 남의 원고를 마음대로 지어내고 자신의 문체로 각색할 요량이라면 편집자가 아니라 저자가 되어야겠지.

번역서도 마찬가지다. 책을 더 팔아볼 목적으로 독자들 구미에 맞춰 원본 내용과 다르게 출판하는 경우다. 의도적으로 내용을 조작한다면 그것은 출판사 구미에 맞춘 것밖에 안 된다. 특정한 목적으로 내용을 왜곡하는 일은 범죄 행위나 다름없다고 개탄하는 소리를 들었다. 듣기만 해도 몸서리난다.

물론 출판사도 편집권이 있고 출간 방향을 세우기 때문에 원고 수정이 불가피할 때도 있다. 하지만 원본과 다른 방향, 다른 해석은 곤란하며, 원본을 수정할 시엔 반드시 저자와 협의를 거쳐야 한다. 따라서 저자는 저작권을 이해하고 있어야 하고, 자신의 권리가 어디까지인지 명확하게 알아야 한다.

그래야 나중에 책 내용에 문제가 생겼을 때 책임 소재가 명확해지고 작가로서 떳떳할 수 있다. 편집자가 원문을 훼손해서 그대로 책이 나오면 어떻게 될까. 저자의 이름으로 나온 책이니까 저자가 책임져야 할 것이다. 그래서 가장 중요한 것은 저자가 출간 전에 내용을 확인해야 불미스러운 일을 미연에 방지할 수 있다.

계약금과 인세 지급

계약금은 인세에 따라 정산한다. 인세는 대부분 책값의 10% 내외로 정한다. 통상 '정가'에서 몇 %로 한다는 걸 알아두라. 저자라면 가능한 한 10% 인세를 챙겨야 좋다. 하지만 저자 인지도나 기획에 따라 인세율이 다를 수 있다. 실용서의 경우 6~7%를 말하기도 한다. 창작물은 이보다 낮아 7%를 제시하고 더 이상은 힘들다고 하는 곳도 있다.

출판사에서 기획안을 따로 제공한다면 기획 인세를 제외한 집필 인세를 받게 되는데 이럴 경우 10% 인세를 받기는 힘들다. 원고 기획은 좋은데 문장력이 떨어져 리라이팅 해야 할 때는 인세를 낮추거나, 초판 인세만을 낮추는 곳도 있다. 원고에 따라서 3만 부 이상일 때 12%, 5만 부 이상일 때 15%, 하듯이 조금씩 늘어난다. 그렇지만 흔한 일은 아니다.

출판사마다 계약 관행이 있으니 계약 전에 물어보고 미리 알아두면 결정하는 데 도움이 된다. 책 판매가 잘되면 인세율을 올린다는 내용도 넣는 것이 좋다. 설마 내 책이 이렇게 많이 나가겠어? 하고 주춤거릴 필요 없다. 어디까지나 계약이니까 희망을 품어서 손해는 없다. 저자 처지에서 돈 이야기에 응하려면 아무래도 낯이 뜨거워진다. 이럴 때는 되묻는 기술이 필요하다. 인세는 어느 정도 하는지 물어본다. 인세가 너무 각박하다면 생각해보겠다고 하고 한 발 물러선다.

정가 15000원인 책 초판 3천 부를 발행했을 때 10% 인세율을 적용하면 인세는 450만 원이다. 창작물은 1000~2000부를 찍는 일도 흔하니까 정가 15000원에 10%를 잡으면 인세는 150~300만 원이다. 몇 달, 혹은 몇 년 동안의 노력을 생각하면 결코 많다고 할 수 없다. 하지만 5000~10000부를 발행했다면 인세는 750~1000만 원이다. 좋은 기획, 좋은 작품은 5000부, 10000부를 넘기는 일도 흔하므로 좋은 책을 써서 도전해볼 일이다.

그렇다고 팔릴지 안 팔릴지 모르는 상태에서 무조건 많이 찍자고 주장할 수도 없다. 많이 찍는다고 많이 나가는 것도 아니고, 출판사도 선뜻 응해줄 수 없다. 출판사 역시 비용을 부담하고 제작하는 일이고 어느 정도는 위험 부담을 감수하는 선택이기에 조심스럽다.

계약하기 전에 이런 내용을 미리 알고 임하면 선뜻 계약하자는 말에 아무 준비 없이 출판사 사람을 만나거나, 통화할 때 당황하지 않는다. 보통 계약할 때 계약금으로 인세 일부를 받고, 나머지 인세는 책이 나온 후에 받는다. 계약금도 출판사마다 다르므로 물어보고 진행한다. 이상하게 돈 이야기는 망설이거나 주춤한다. 그런 후에 서로 원망한다. 내 경우는 계약금을 100만 원으로 정했는데, 총 인세의 10~20%를 제시하기도 한다.

계약금은 계약 직후에 주기도 하고, 일주일이나 한 달, 혹은 두 달 후에 주는 경우도 있다. 이것 역시 물어보고 서로 상의해서 진행하도록 한다. 나는 원고를 넘긴 후에 일종의 중도금처럼 잔금 중 일부를 받고 책이 나온 후에 나머지를 받았다. 출판사에서 인세를 줄 때는 보통 세금을 제하고 보낸다. 예를 들면 계약금 100만 원일 때 세금을 제하고 967000원을 보내는 식이다.

인세를 어떻게 지불하는지 미리 말해주는 출판사도 있고, 그렇지 않은 곳도 있으니까 미리 생각해둔다. 첫 인세는 간단한데 2쇄, 3쇄, 늘어나면 출판사마다 지급 방식이 따로 있으므로 출판사에서 먼저 말해주지 않으면 물어보고 알아둔다.

인세 정산도 출판사마다 규정이 있다. 1년 단위, 6개월마다, 분기마다 하는데 미리 원하는 바를 정해두고 출판사와 협의한다. 저자는 판매가 잘돼서 매월 지급해주면 좋겠다고 희망하지만 쉽지 않다. 출판사마다 지급 방식이 다양하니까 이 부분은 상의해 조절할 수 있다.

출판사도 저자 사정에 맞춰 유연하게 대해주니까 주저 말고 의논하는 것이 좋다. 제 날짜에 송금하지 않는 출판사도 있는데, 입금해달라고 재촉하기가 망설여진다. 계약금은 통상 계약할 당시에 주고받는 게 일반적인데 출판 계약은 관행이 잘못되었다. 내 경우 계약하는 날 받기를 원했더니 대개 일주일에서 보름 사이로 정하자고 했다.

| 출판계약서를 미리 받아보라

구두 계약을 하고 난 뒤 계약하기 전에 계약서를 저자에게 보내주는데, 이 부분을 생략하는 출판사도 있다. 이때 보내달라고 하면 보내준다. 출판사에서 보내준 계약서를 받아보고 무슨 말인지 모르는 내용은 물어보고, 조정하길 원하거나 보완하길 바라는 내용이 있으면 출판사와 상의한다. 이렇게 준비해두면 실제 계약할 때 당황하거나 진땀을 빼지 않고 머릿속이 복잡해지지 않는다.

가뜩이나 긴장한 상태에서 계약서를 보면 낯선 단어들로 빼곡해서 머릿속이 어지러울 수도 있다. 친절한 출판사는 중요한 부분은 읽어주며 쉽게 설명해주기도 하는데 이런 곳은 드물다.

처음 계약하는 사람은 대한출판문화협회(www.kpa21.or.kr)에서 제공하는 '표준출판권 설정계약서' 양식을 참고한다. 여기서(자료실→각종 서식 및 신청서→출판분야 표준계약서 7종) 다운 받아 계약서를 미리 공부한다.

한국문예학술저작권협회(www.copyrightkorea.or.kr)에서 '출판계약, 이것만은 꼭 확인하자!' 동영상이 있으니 참고하기 바란다. 이해하기 어려운 내용은 출판사에 문의한다. 한국저작권위원회(www.copyright.or.kr)에서도 자세히 알아볼 수 있다.

이밖에 저작권 이용도 점검해둬야 한다. 사진이나 그림, 다른 저자의 저작물을 인용할 경우 원저작자에게 허락을 받거나 저작권 비용을 지불해야 한다. 대부분 저자는 저작권 이용이 어디까지인지 정확히 모르므로 물어본다. 게다가 저자가 직접 원저작자나 출판사를 상대로 일을 진행하기가 수월하지 않다. 저작권 이용은 출판사와 빈틈없이 검토해서 진행할 필요가 있다.

이는 보통 출판사에서 처리해주므로 걱정하지 않아도 된다. 그래도 출판사에서 진행한다는 내용을 계약서에 써두면 좋다. 그래서 문의할 내용을 미리 메모해두었다가 풀어나가면 빠뜨릴 염려가 없다.

저작권은 중요하다

냉면을 좋아하는 사람은 안다. 식초와 겨자를 어느 비율로 해야 맛이 좋은지를. 그리고 나이가 들어감에 따라 어떤 변화가 오는지 알게 된

 6부 좋은 출판사, 나쁜 출판사

다. 예전에는 냉면이나 막국수에 식초와 겨자를 양껏 넣어 먹었다. 특히 겨자를 얼마나 많이 넣었는지 내가 먹는 냉면이나 막국수를 다른 사람들이 먹지 못할 정도다.

면보다는 코와 뇌를 자극하는 식초와 겨자 맛을 즐긴 것이나 다름없다. 심지어는 빙초산까지 넣어 먹을 정도였으니까 굉장하다. 그러다가 차츰 나이가 들면서 식초와 겨자를 줄이고 물냉면을 선호하게 되었다. 예전에는 평양냉면 집에 가서도 비빔냉면을 먹었다.

지금은 비빔냉면을 먹을 때 참기름은 빼달라고 하고, 막국수도 참기름과 김가루를 빼고 먹는다. 면의 고유한 맛을 제대로 즐기려면 향이 강한 참기름과 김가루 없이 먹어야 제맛이다. 그래야 면이 지닌 풍미를 온전하게 맛볼 수 있다.

웬 냉면 이야기를 이리 장황하게 하나 싶을 거다. 저작권이 중요한 이유를 말하려는 것이다. 냉면을 먹는 여러 가지 방법처럼 음식 맛을 즐기는 방법 또한 다양하다. 섬섬하고 재료가 지닌 고유한 맛을 즐길 수 있는 면을 만들어 팔아보자는 취지로 저자가 냉면을 만들었는데, 편집자 취향대로 식초와 겨자뿐만 아니라 고춧가루와 참기름까지 듬뿍 넣은 냉면으로 바꿔서 시장에 내놓았다면 이해하기 쉬울 거다.

누가 이런 무미한 맛을 좋아하느냐면서 풍미는커녕 독자들한테 외면당한다고 강조하고, 일단 내 손에 들어왔으니까 본인한테 맡겨야 한다면서 주장까지 하면 대체 이 냉면은 저자가 만든 것인지 편집자가 만든 것인지 헷갈릴 게 뻔하다. 여기다가 면이 질기고 길어 먹기 힘드니까 가위로 싹둑싹둑 잘라서 내놓으면 가슴만 찢어진다. 가위

질을 하지 않고 이빨로 끊어 먹어야 제맛인데, 해봐야 소용없다.

저작권은 그 무엇보다 중요하다.

책만 잘 팔리면 그만일까. 저자가 주장한 대로 하면 독자들이 책을 외면할까. 독자들 대부분은 모르는데 무슨 상관이라고 예민하게 굴까. 반대인 경우도 마찬가지다. 팔리지도 않는 책인데 편집자가 뭘 고쳤든 아무 의미 없는 게 아닐까. 어찌 됐든 책을 만든다는 것은 독자를 위한 일인데 팔리지도 않는 책을 두고 뭘 했든 상관없지 않나? 과연 저작권이 중요할까.

이런 생각이 든다면 저작권에 대해서 알아볼 필요가 없다. 저작권이 어떤 것인지, 뭐기에 이렇게 강조하나 싶은 사람은 주의를 기울여 알아보자. 책 쓰는 일과 편집하는 일은 다르다. 책으로 만들 원고를 잘 다듬는 일도 중요하고, 다듬은 원고를 편집하는 것도 매우 중요하다.

편집 상태에 따라 읽기 편한 책이 있고, 힘든 책이 있다. 어떤 책은 세로에 비해 가로가 짧아 읽을 때마다 자꾸 접혀지는 힘 때문에 한 손으로 들고 읽기 힘들다. 읽다가 중단을 반복한 적이 있다면 책 판형이나 편집이 손과 눈에서 멀어져서 그럴 수도 있다.

편집은 본문과 표지를 만드는 모든 과정을 말한다. 책을 펼쳤을 때 어떻게 편집했느냐에 따라 한눈에 들어오기도 하고, 뭔가 어수선해 보이기도 하고, 지루해 보이기도 한다. 이 영역은 편집자의 권한이고, 일반인은 전문적인 것까지 따로 공부하지 않았다면 알 수 없다. 책을 읽으면서 심리적으로 뭔가 불편하다고 느낄 정도라 구체적으로 표현하기 힘들다.

　디자인 요소를 제외하고 원고 내용을 다루는 저작권은 깊이 생각해봐야 할 문제다. 계약하고 원고를 출판사에 넘긴 다음 저작권에 문제가 생기면 애먹는다. 저자 의도와 편집자 의도가 완전히 다르면 여러모로 골 아픈 일이 벌어진다. 계약한 사람과 실제 편집자가 다를 때 문제가 생기기도 한다.

　주요 독자 타깃을 40~50대로 잡고 더 나아가 30대와 60대 이상을 확장 독자로 잡았는데 실제 책을 구매하는 독자층이 주로 30~40대라면서 제목과 내용을 바꿔 편집한다면 원래 잡았던 독자층 중에 50대는 빠지는 셈이다. 이 연령대가 도서 구매율이 낮다면 홍보와 마케팅으로 풀어나가야 한다.

　편집자가 편집권이 있다면서 문장을 자기 식대로 고치고 더 나아가 각색과 창작까지 한다면 참을 수 없을 것이다. 물론 독자와 시장을 읽고 필요한 책, 팔리는 책을 내겠다는 의도는 좋다. 편집 방향을 두고 저자와 편집자가 아무리 합의했다 하더라도 막상 원고 수정이나 편집 방향을 실행하는 과정에서 견해가 다른 경우도 생긴다. 이럴 때는 논의를 거쳐 이견을 좁혀야 한다.

　편집자한테 일임하는 저자도 적지 않다. 이런 경우 원고 완성 단계에서 저자가 반드시 확인해야 한다. 드물게 편집자와 저자가 원고 수정 방향에서 갈등을 겪기도 한다. 보통 저작권자인 저자 의도를 반영한 원고를 최대한 살리는 걸 원칙으로 하지만 독자 감성에 맞게, 또는 가독성을 높이기 위해 편집자가 원문 수정을 가하는 일이 있다.

　하지만 어설픈 원문 훼손은 저작권을 침해하는 것이므로 합당한 선택을 고민하며 저자와 협력해나가야 한다. 저자는 줄 바꿈 하나도 글의 호흡과 흐름을 염두에 두고 고심해서 바꾼다. 단락도 내용은 물론이고, 시각적인 리듬에 맞추는 패턴이 있는데 편집자가 자신의 방식대로 이어 붙이기라도 하면 원문과 느낌이나 흐름이 다소 달라지므로 삼가야 한다.

편집자가 저자 의도를 모르고 임의대로 고칠 수 있으므로 원고 수정 방향에 관해 충분히 의견을 교환해야 한다. 저자와 논의하지도 않고 본인의 재량으로 편집권을 행사한다면 저자는 고달프다. 그래서 계약서에 이런 점들을 염두에 두고 저작권과 편집권에 대해 어느 정도 선을 정해두면 서로 얼굴 붉히거나 속 끓이지 않는다. 저자의 저작권을 존중한다는 문구로는 모자란다.

편집권과 저작권의 한계에 대해 충분히 계약서에 담았다 해도 실제 원고 편집을 하면서 수정, 편집 방향이 달라 갈등이 일어나기도 하므로 원고 편집 방향과 수정 방향, 차례에 대해 광범위한 합의를 하고 넘어가야 한다.

저작권을 100% 인정한다고 해도 편집 방향이 바뀌면서 원문 자체를 크게 바꿔야 하는 일도 있기 때문에 편집자와 논의는 중요하다. 제아무리 편집자가 유능해도 전능할 수는 없다. 분야에 따라 내용을 잘 모르는 편집자도 있기 때문에 저자와 편집자의 공조는 필수적이다.

계약에 앞서 저자가 편집자와 논의할 내용을 정리해보았다.

1. 저작권은 저자에게 있다. 그러므로 원고 수정을 하는 경우 저자와 협의한다.

2. 오탈자와 비문, 문장의 흐름에서 어색한 부분을 제외하고, 단어나 문장을 편집자 취향으로 바꾸는 일은 삼간다.

3. 내용을 수정할 필요가 있을 때는 저자와 상의해서 저자가 고치거나, 편집자가 고칠 경우 저자의 확인을 거친다.

4. 편집 과정에서 줄이거나 새로 꼭지를 만들어야 하면 저자와 상의해서 수정할 것을 요청하고 저자가 고친다. 편집자가 작업할 경우 저자가 확인한다.

5. 서점에 보내는 책 소개, 보도자료도 저자가 확인할 수 있도록 한다.

이 정도 확인하면서 진행하면 저작권 문제로 갈등을 빚지 않을 것이다. 만약 이런 조건을 까다롭다고 여겨 편집자가 거절한다면 아쉬워할 필요도 없다. 자신 있는 편집자라면 웃으면서 걱정하지 말라고 한다. 내가 편집자라도 당연하다.

저작권고 편집권 사이

지금까지 계약하기 위해 만난 출판사 대표는 크게 두 부류다. 하나는 편집부 출신이고, 다른 하나는 영업부 출신이다. 다른 일을 하다가 출판업을 한 경우도 크게 보면 두 범주 안에 든다. 편집부 성향이 가깝든지 영업부 성향이 가깝든지 둘 중에 하나다. 어떤 쪽이든 저자로서는 호불호가 있기 마련이다.

내가 경험한 바로는 영업부 출신은 원고에 대체로 유연한 편이다. 일단 원고가 마음에 들어서 계약할 의사를 밝혔기 때문에 저작권은 당연하다는 반응을 보인다. 반면에 인세는 예민한 편이다. 편집부에 있다가 창업한 경우는 대체로 이와 반대로 보였다. 원고를 무척 꼼꼼하게 검토하고 편집 방향도 짚고 넘어간다. 드물게 인세도 각박하다고 느낄 정도로 계약 조건을 내놓는 곳도 있다.

계약 자리에서 말이 통한다 싶어 저작권, 동일성 유지권에 대해 말을 꺼내자 태도가 바뀐 일이 있다. '원고를 고치면 안 된다'는 말이 아니라고 이해를 시키느라 애를 썼는데, 출판사 권리가 침해당할 것을 걱정해서 그랬는지, 애먹인 저자가 떠올라서 그랬는지 돌아서버려 아쉬웠다.

6부 좋은 출판사, 나쁜 출판사

　한때 신문과 잡지사에서 편집자로 일할 때 남의 글을 고치면서 겪은 일이 떠올랐다. 까맣게 잊고 있다가 생각났다. 사전에 원고를 고칠 수 있다고 할 때는 흔쾌히 받아들여도 막상 손본 원고가 지면에 나왔을 때는 고마워하는 저자도 있고, 불편해하는 저자도 보았다.

　신문, 잡지는 시간이 지나면 시야에서 사라지니까 잊고 지낼 수 있다. 나는 그렇다. 이 일로 편집자가 저자한테 당한 고통과, 저자가 편집자한테 당한 고통을 생각해보았다. 편집자는 편집 과정에서 겪은 고통을 잊기 쉽지만 저자는 그렇지 않다. 특히 책은 잊지 못한다는 사실을 다시 한 번 깨달았다.

　조급한 마음에 처음 만난 자리에서 저작권부터 주장하면 실패하기 쉽다. 앞에서 말한 편집자와 논의할 5가지를 대뜸 드러내면 분위기가 어색해진다. 계약은 결정해야 할 내용이 많다. 하나씩 풀어가는 과정에서 조심스럽게 이야기를 꺼내는 요령이 필요하다.

　출판사의 편집권이 중요하듯이 저자의 저작권도 중요하다는 점을 자연스럽게 꺼낸다. 그런 후에 이 두 가지를 어떻게 생각하는지 물어보는 것도 방법이다. 같은 말도 '아' 다르고 '어' 다르다는 점을, 일에도 순서가 있음을 가슴 깊이 새겨라. 사안에 따라 중요한 점을 먼저 내세워야 하는 때가 있고, 하나씩 이해시킨 후에 자신의 주장을 펼쳐 나가야 하는 일이 있다. 주장할 때도 순서가 있다는 말을 잊지 마라.

저작권 침해 사례 1

20대 때부터 여러 매체에 글을 발표해왔다. 지난 30여 년 동안 다양한 글을 연재하거나 청탁받아 글을 쓰면서 즐거운 일이 대부분이다. 거의 아무 문제없이 발표해왔고, 편집자와도 돈독한 관계를 유지해왔다. 어떤 편집자는 더 나은 방향으로 이끌어줘서 고마운 적도 있다. 인터넷이 없던 시절에는 독자 반응도 알려주고, 독자와 만나는 자리를 마련해주기도 했다. 맨 처음 독자와 자리를 했을 때 떨렸던 감흥은 지금도 추억으로 남아 있다.

지금부터는 긴 세월 동안 글을 발표하는 과정에서 원고가 침해당한 이야기를 하려고 한다. 나도 한때 편집자로 고민했던 일이라 아무리 이해해보려고 해도 납득할 수 없는 일부 편집자에 대해 말하려니 만감이 서린다.

제목이 바뀐 경우다. 제목은 원고 내용을 한마디로 표현하는 것이라 중요하다. '딱한 사연의 여자 이야기, 〈미저리〉'를 '이 머저리 같은 남자들, 〈미저리〉'로 바꾼 건 그나마 양호한 편이다. 영화 칼럼인데 이해하고 넘어갔다.

한 신문사에 칼럼을 연재할 때는 중간에 편집 담당자가 바뀌면서

 6부 좋은 출판사, 나쁜 출판사

곤욕을 치렀다. 시간이 지나면서 조마조마한 마음이 커갔다. '깨들도 밤이면 잠을 자야 한다'는 제목을 '깨가 사람보다 중하냐?!'로 바꿔서 결국 연재하던 칼럼을 중단했다. 본문 내용과 전혀 다른 논조로 제목을 바꿔 눈길을 끌려는 짓은 독자를 기만하는 행위나 다름없다. 이처럼 편집 권한이 본인에게 있다고 해서 마음대로 고치면 그야말로 속수무책으로 벙어리 냉가슴 앓듯이를 체험한다.

심한 경우 저자가 느끼지도 않은 감상을 과장해놓기도 한다. '무슨 뜻인지 몰라서 어리둥절했다'를 '기분이 나빠서 분노가 치솟았다'는 식으로 바꾸기도 한다. 본래 내용은 당시 상황이 무슨 뜻인지 몰라서 어리둥절했다는 것인데, 편집자는 그걸 읽고 분노가 치솟아서 그렇게 바꿔놓은 것일까. 알 수 없다.

글 쓰는 일을 수십 년 동안 해왔어도 우리글을 깨끗하게 쓰는 게 쉽지 않다. 글 쓸 때마다 교과서로 삼아온 책과 여러 글쓰기 책을 참고서로 두고 시간을 내서 공부했다. 가능하면 공부한 대로 글을 쓰려고 노력한다. 『우리글 바로쓰기』와 『우리 문장 쓰기』, 『우리말 바로쓰기』 책은 글 쓰는 일과 관련 있는 이들이 읽고 지켰으면 하는 바람이다.

이번에는 지역 신문에서 벌어진 사례다. 제대로 써서 보내도 담당자가 잘못된 습관으로 고쳐 할 말을 잃었다. 고치면서 오타도 내고 문장마다 정신없이 손을 대서 글을 망가뜨렸다. 온통 일본어 투와 영어식 표현은 말할 것도 없고, 불필요한 과거시제와 수동태로 바꿔놓았다. '행사를 열고'는 '행사를 가지고'로, '건물을 짓고'는 '건물이 지어지고', 하는 식이다. '한다'는 '된다'로, '그랬다'는 '그랬었다'로 고쳤다.

이루 열거할 수 없을 정도로 엉망진창의 진수를 보여주었다.

그래서 자신이 쓴 글을 편집자가 손을 보는 경우 어느 선까지 허용할 것인지도 미리 짚어놔야 문제가 생기지 않는다. 저자의 문체가 낯설다며 받아들이지 않고 자신의 문체로 마음대로 바꾸는 편집자도 있다. 문장 오류나 맞춤법에 상관없이 편집자 권한으로 여겨 마음 내키는 대로 고치려들면 원고는 개성을 잃는다.

이런 일은 30여 년 동안 겪은 것 중 애교에 불과하다. 신문이나 잡지 기고에서 벌어진 일은 시간이 지나면 마음을 진정할 수 있다. 세월이 약이기 때문이다. 그때 말할 수 없이 괴로웠지, 하고 씁쓸하게 웃어넘기는 여유도 생긴다.

그런데 책은 어떨까. 책은 오랫동안 남는다. 품절이 돼서 시중에 없어도 저자는 보관한다. 눈에 띌 때마다 고통이 밀려온다. 비바람 맞고 견딘 세월의 내공도 소용없다. 어쩌지 못하는 현실 앞에서 좌절하고 절망한다. 훼손당한 곳이 단지 몇 군데뿐이라면 마음을 단단히 여미고 견딜 수 있다.

더 나아가 편집자와 이야기를 나눠볼 수도 있겠지. 편집자도 사람이니까 실수할 수도 있다고, 잘못 판단할 수도 있지, 하면서 마음을 열고 대화해볼 수 있다. 어쨌든 잘해보려고 한 일이니까, 하면서 참아넘기려고 한다. 하지만 셀 수 없을 정도로 훼손당한 책이 나왔다면 도무지 말을 건넬 기운조차 생기지 않는다. 엄청난 재앙 속에서 혼자 끙끙대며 시간이 지나가기만을 바란다. 세월이라는 약을 부지런히 먹으면서 고통을 이겨나가는 수밖에 없다.

저작권 침해 사례 2

이번에는 출판 편집 과정에서 겪은 경험담을 이야기하려고 한다. 처음 교정지를 받고 고생 많았겠다고 생각했다. 책 판형을 정하고 원고를 레이아웃에 맞춰 편집한 것까지는 수고했다고 충분히 감사했다. 그 뒤에 농담 같은 서프라이즈가 있으리라고는 상상도 못 했다.

본문을 펼쳐보고 왜 이렇게 오래 걸렸는지 이해하는 데 어렵지 않았다. 상당히 많은 부분을 편집자가 자신의 문체로 바꾸면서 오류까지 범해놓았다. 초미의 현실 앞에서 충격은 아무것도 아니다. 교정할수록 현실감은 더 멀어져갔다. 지금 생각하면 일단 멈춤을 하고 근본적인 문제를 해결해야 했다.

그런데 그러지 못했다. 급한 불을 끄려는 심정이었을까. 다시는 경험하고 싶지 않은 체험을 톡톡히 했다. 편집자가 어지러울 정도로 고치면서 오탈자를 낸 곳과 문맥이 맞지 않는 곳, 이해 부족으로 생긴 오류와, 틀린 정보까지 덧붙여놓은 걸 일일이 잡아내느라 시간이 흘렀다. 엉망으로 손댄 곳이 어찌나 많고 다양한지 천재가 아닐까, 훗날에 든 소감이다.

'그런데'는 '그러나'로, '그래서'를 '따라서'로 '쉽지 않다'는 '쉽다'

로 바꾸는 게 편집자의 편집권은 아닐 것이다. 자신을 까다롭다고 해서 억울하다는 내용인데 중간 제목을 '나도 까다로운 사람이라고!' 하고 느낌표를 붙여놓은 대목에서는 블랙코미디를 맛보았다. 독해력은 필요 없어 보였다. 실수라고 하기에는 너무 과했다.

편집자가 필요해서 만든 원고도 오류가 있어서 고치다 보니 원고를 새로 작성해 보내는 게 나았다. 처음부터 저자한테 요청했으면 한 번에 할 일을 두세 번 하면서 시간을 허비했다. '붙여먹었다'를 '붙어먹었다'로 바꾸는 바람에 묘한 뉘앙스를 풍긴 책이 나왔다. 하도 고친 곳이 많아서 문맥에 큰 무리가 없는 것은 그냥 넘어갔다.

저자가 느끼지도 않은 감상도 쓰고, 알고 있는 어떤 내용도 모르는 것으로 바꿔놓았으면 나머지도 이에 맞게 고치든가. 이러면 앞에서 죽은 병사가 뒤에 다시 나오는 꼴이다. 독자가 읽다 보면 어? 이게 뭐야? 할 거다. 내가 혼자 생각한 것을 상대방이 말한 것으로 둔갑시키기도 했다.

무슨 까닭인지 원고 내용 중에 다른 사람 글이나 자료를 인용한 부분은 거의 다 삭제했다. 중요한 숫자도 반으로 잘라내고, 속담이나 법령도 엉터리로 교정해놓은 걸 보았을 때는 신묘한 재주라고 할밖에 도리가 없었다. 각색하고 창작한 문장이 어찌나 많은지 내가 편집자인지 저자인지 모를 길을 정처 없이 걸었다.

저자가 수정해 보낸 것을 상당 부분 고치지 않았다. 아무래도 이렇게 오류가 많으면 안 될 것 같았다. 감사의 글에 '법적인 설명 중 잘못된 부분이 있다면 모두 내 실수임을 미리 밝혀둔다'고 했는데 이러면 실수를 넘어 오류를 낸 것밖에 안 된다. 그것도 내가 저지른 짓이 되고 만다.

지은이 소개도 마찬가지다. 내 능력 밖의 일을 버젓이 써놓았다. 사실을 적어야 하는데 편집자가 마음대로 지어놓고, 단어 하나를 삭제하는 바람에 오류도 났다. 어떤 부분은 터무니없이 과장했다. 인터넷 서점에 보낸 책 소개도 편집자가 창작과 각색을 했다. 본문을 그렇게 어지럽혔으니 당연한 결과다.

표지 디자인은 몰라도 표지에 들어가는 제목과 광고 문구, 본문 중간 제목도 저자와 상의하는 걸 원칙으로 정해두는 게 좋다. 의견이 같으면 다행인데 의견이 완전히 상반될 때는 어떻게 하는 게 좋을지 어느 정도 협의를 해둬야 한다.

그러니 명심하고 또 명심하라.

저작권을 지키는 일은 그 무엇보다 중요하다.

최종 교정지는 반드시 확인하라.

저작권과 편집권

출판사에는 출판권과 편집권이 있다. 출판권은 저자의 승인하에 저자의 창작물을 인쇄, 출간할 수 있도록 부여된 권리고, 편집권은 저자의 저작물을 상품화할 때 저자의 동의하에 편집 방향과 그 표현 형식을 결정할 수 있는 권리를 말한다.

저자에게는 저작권이 있다. 저자가 표현한 창작물에 대한 배타적, 독점적 권리로 저작물이 저자의 것임을 인정하고 보호하는 권리다. 즉 원고에 대한 권리는 온전히 저자에게 있다.

책을 제작하는 과정에서 원고 수정과 편집 방향, 책 꼴을 결정할 때 출판사와 저자의 역할이 겹치고 의견이 상충될 수 있기 때문에 어느 선까지 편집자가 관여하고 어느 선까지 저자가 권리를 행사할 수 있는지, 서로 인식하고 합의해야 한다. 모든 편집 과정에 저자가 참여해서 결정할 수 있다. 의견이 다르면 논의를 통해 접점을 찾아나간다.

편집권은 책 판형과 디자인, 글자체나 지질, 전체 쪽수까지 결정할 수 있는 권리지만 원고의 저작권은 저자에게 있으므로 저자는 자유롭게 의견을 개진할 수 있다. 출판사는 저자 의견을 십분 반영해야 하고, 저자는 책 만드는 전문가인 출판사와 편집자를 믿고 따르는 자세가 필요하다.

편집자는 원고 수정 시 제목이나 부제를 읽기 쉽고 매력적으로 바꿀 수 있다. 하지만 지나치게 편집자 취향대로 고치거나 틀린 정보를 제공하거나 각색하는 우를 범해서는 안 된다. 저자는 편집자가 원고를 훼손하거나 내용과 다른 방향을 설정했을 때 적절한 수정 방향을 제시해야 한다.

  6부 좋은 출판사, 나쁜 출판사

PART

7

장기적으로 유리한
계약을 따내라

계약은
살 떨려

내가 만난 출판사

지금까지 총 9권의 책이 나왔다. 시집 3권, 사진시집 3권, 에세이집 1권, 실용서 2권이다. 계약서를 쓴 일은 이보다 더 많고, 계약하기 위해 만난 출판사는 더욱 많다. 책을 내면서 고생했다. 창작물 출판은 매우 힘들다. 출간 의뢰를 하면 원고는 좋은데 판매 때문에 고민이 돼서 거절한다는 답장을 받았다. 말하자면 지명도가 없어서 부담이라는 말이다. 언제부터인지 책보다 저자 자체가 브랜드가 되었다. 출판사도 브랜드가 된 지 오래다.

성의 없는 거절도 있고, 감동과 용기를 주는 답장도 있다. 내 원고 때문에 회의를 거듭했으나 거절한다는 답장을 받으면 눈물이 난다. 시집 출판으로 유명한 출판사가 회의를 두 번이나 했다는 사실이 고맙기도 하고, 그럼에도 결국 떨어뜨릴 수밖에 없는 운명 때문에 나오는 눈물이다. 원고를 꼼꼼하게 검토하고 여러모로 마음 써준 답장을 받으면 고무해서 한동안 힘을 얻는다. 슬프고 고단한 힘이다.

만난다고 다 계약할 수 있을까?

답은 아니다. 지금까지 수없이 거절을 당하면서도 책을 내고자 하는 열망으로 버텨왔다. 그러다가 출판사에서 계약하자고 하거나 만나자고 하면 마음이 들뜨기 마련이다. 그렇다고 곧바로 계약할 수 있는 건 아니다.

말실수를 해서 계약이 안 된 경험도 했다. 어감이 달라서 생긴 오해다. 나이에 비해 상당히 자상하고 예의바른 편집자라 내심 감탄해서 할머니 같아요, 하고 무심코 던진 말이 상대에게는 씻을 수 없는 상처가 된 모양이다. 내가 생각하는 할머니는 자애롭고 따스한 품을 말한다고 설명했지만 내 뜻이 온전히 전해지지 않아 보였다. 뭔가 찜찜한 기분이더니 결국 연락이 끊겨버렸다.

설레는 마음으로 찾아간 출판사에서 생각지도 못한 상황을 마주하면 당황하기 마련이다. 그러니 마음 준비를 하고 만나길 바란다. 마음을 비우고 가면 혹여 실망해도 다시 힘을 낼 수 있다. 잔뜩 기대하고 가는 것보다 경험을 쌓는다는 자세로 임하면 자산이 될 수 있다.

출판 계약은 일상생활에서 하는 계약과 마찬가지로 우여곡절과 희로애락을 경험한다. 드물지만 불쾌한 일도 만나고, 기막힌 일도 겪는다. 사람을 대하는 개인차도 있고, 생각이 서로 달라 예기치 않게 어긋나기도 한다. 저자가 출판 환경이나 관례를 잘 몰라서 생기기도 하고, 반대로 출판사가 저자의 심중을 모르기 때문에 이해 부족으로 깨지기도 한다.

생각지도 못한 제안을 받아 당황하기도 한다. 이 책을 계약하기 위해 만난 한 출판사다. 이야기가 잘되어 희망이 조금씩 부풀고 있는데 뜻하지 않게 공동 저자 제안을 받았다. 이런 경우는 드물다. 대부분 원고와 계약에 관해 대화를 나누므로 너무 겁먹을 필요는 없다. 공동 저자 책도 흔한 일이니까 원고를 쓰기 전이면 생각해볼 수도 있다. 어떤 방향이 더 나을지 고심해보고 주위 의견도 참고해 결정한다.

| 계약한 후에도 안심할 수 없다

계약했다고 다 책으로 나오는 건 아니다. 여러 이유로 책이 나오지 못할 때도 있다. 그동안 계약했는데 책으로 나오지 못한 것 중에는 시도 있고, 풍자시와 수필, 소설까지 다양하다. 사진시집은 출판사 사정으로 나오지 못해 계약을 해지하고, 다른 출판사를 통해 나왔다.

디자인을 외주로 진행했는데 막판에 가서 출판하지 못해 애가 탔다. 돈이 문제겠지만 저자는 이보다 더 속타는 일도 없다. 디자인 비용은 보통 수십만 원에서 수백만 원까지 한다. 이럴 때는 어떻게 해야 할까. 무한정 기다려야 할까, 아니면 어느 정도 도움을 주고라도 출간하는 게 정답일까. 무척 난감하다.

이런 사정이라도 미리 알 수 있다면 다행인데 모른 채 한없이 기다려야만 한다면 저자는 하루하루가 막막하다. 계약을 파기하고 다른 출판사를 찾는 방법이 나을까. 몹시 고통스럽다. 힘들게 계약한 원고라면 더 망설여진다. 그래도 계약을 파기하는 편이 낫다고 생각한다. 디자인 비용을 융통하지 못해 벌어지는 일이라면 앞으로 남은 종이 구입과 인쇄, 제본 비용까지 떠안게 될 수도 있기 때문이다.

계약 후 이런저런 문제가 예기치 않게 생기면 저자는 불안하다. 계약금 문제로 연락이 두절되면 이런 낭패도 없다. 계약금을 받지 않으면 출판사는 부담이 적겠지만 저자는 불안하다. 그래서 가능하면

 7부 계약은 살 떨려

계약금을 받는 것이 좋다.

외부에 디자인을 맡기는 출판사

책을 만들려면 표지와 본문을 디자인해야 한다. 이 두 가지를 어디에서 진행하는지 미리 알아두라. 두 가지 다 출판사 내부에서 한다면 효율적이다. 본문 디자인은 출판사에서 하고, 표지 디자인만 외부에 맡기는 경우도 있고, 모두 외부에 맡기는 출판사도 있다.

본문을 외부에 맡긴다면 아이디어가 유출되거나 도용당할까 저자는 염려한다. 유사한 책이 다른 출판사에서 먼저 나온다면 상상만으로도 끔찍하다. 우연이라도 찜찜한 기분을 떨칠 수 없을 것이다. 물론 출판사에서도 유의하겠지만 방심할 일은 아니다. 특별한 정보나 개성 있는 원고라면 불안해하지 말고 한 번쯤 말하고 넘어가라.

사정에 따라 저자가 디자이너와 직접 일을 진행하기도 한다. 이럴 때는 장단점이 있다. 대화가 잘 통하면 일이 수월하겠지만 그렇지 않은 때도 있으니 주의해야 한다. 저자가 디자인 방향을 제안하면 반기는 디자이너도 있고, 월권이라고 여겨 상황이 거북해지기도 한다. 출판사와 미리 상의해서 어디까지 저자가 관여할 것인지 수위를 정해두는 것이 필요하다.

계약을 진행한 편집자가 그만둔 경우

계약을 진행한 편집자가 원고 마감을 앞두고 그만두는 일도 겪었다. 편집자가 마음에 들어 계약했는데 중간에 편집자가 바뀌면 저자는 불편하다. 계약서에 편집 세부 내용을 담지 않았으면 새로운 편집자와 계약 내용을 다시 확인하고 정해야 한다. 바뀐 편집자와 의견이 맞지 않으면 고달프다.

전임자와 구두로 협의했거나 메모 정도만 해두었다면 이견이 생겼을 때 좁히기가 쉽지 않다. 편집 방향이나 저작권에 이견이 생기면 계약할 때는 갑이던 저자가 을로 바뀌어 곤욕을 치르기도 한다. 편집자를 바꿔달라고 말할 수도 없어 벙어리 냉가슴을 앓으면 후회가 밀려온다. 계약서에 이런 세세한 내용까지 담았다면 새로운 편집자와 이야기하기가 수월할 거다.

바뀐 편집자가 원고 내용을 보다 나은 방향으로 고쳤다면 감사할 일인데 이와 반대라면 상황이 순탄하게 돌아가지 않는다. 심하면 원고의 기획 의도를 달리 받아들여 의견 충돌이 일어나기도 한다. 이런 일이 생기면 편집자는 물론이고, 저자는 이루 말할 수 없이 고통을 받는다.

또 처음부터 계약하는 자리에 담당 편집자가 동석하면 좋겠지만 출판사마다 상황이 다르다. 대표나 그밖에 다른 이와 계약했을 때는 담당 편집자와 새로 소통해야 한다. 그렇지 않으면 마음고생을 하게 된다. 계약한 사람이 전달하는 데 차이가 생기면 나중에 담당 편집자와 저자는 서로 다른 생각 때문에 오해가 생길 수도 있다.

이럴 때는 계약 조건이나 원고를 어떻게 펼쳐나갈지 계약 당시에 오고간 중요한 내용은 메모했다가 계약한 이에게 확인하는 게 좋다. 나중에 담당 편집자를 만났을 때 정확히 전달할 필요가 있기 때문이

 7부 계약은 살 떨려

다. 그래서 계약서에 편집 기획 방향이나 저작권을 자세히 문서로 남기면 마음고생할 일이 줄어든다.

지나친 친절은 화를 부른다

어려운 과정을 거쳐 한 출판사와 계약하면 얼마나 고마운지 모른다. 그동안 책을 내주고 판매가 부진해서 출판사에 폐만 끼친 결과를 겪다 보니까 자연히 저자도 무언가 하려고 노력한다. 내 책을 내주고 출판사가 어렵게 됐다면 미안한 마음에 한 권이라도 더 팔아보려고 애쓴다.

책이 나오기도 전에 지인들에게 예약 판매를 하기도 한다. 최선을 다해 열의를 보인다. 판매한 대금은 물론 출판사에 입금하고 책이 하루라도 빨리 나오기를 기대한다. 돈이란 것이 줄 때는 앉아서 주고, 받을 때는 서서 받는다고 하지만 저자의 성의가 무참하게 꺾여버리기도 했다. 결국 책도 나오지 못하고 책값으로 미리 건넨 돈도 받지 못하고 말았다.

수없이 거절만 당하다가 책을 내주는 것이 고마워 계약금은 말도 꺼내지 못하고 진행하기도 한다. 책이 나온 후에도 아무 말이 없기에 계약대로 인세 얘기를 꺼내자 출판 시장이 어렵다며 언제 준다는 말 없이 기다리란다. 할 수 없이 책으로 받겠다고 하니까 고마워하던 출판사가 계산을 이상하게 했다. 계약서에는 저자 구매분은 정가의 70%라고 했는데 인세로 받는 책은 정가로 계산해서 할 말을 잃었다.

홍보 마케팅에 대해서 의견을 나눌 때는 화기애애했는데 책이 나온 후에 가타부타 말이 없고, 나중에는 외면하는 경우도 있다. 어떡하든 판매에 일조하고픈 열성이 지나쳐서 역효과가 났을까. 지금도 의문이다.

모두 다 고마워서 벌인 짓이 오히려 화를 불러온 것이나 다름없다. 역지사지하다 과유불급을 만난 셈이다. 친절이 지나쳐서 안 하느니만 못하게 된 일이다. 그러니 이런 어이도 있다는 것을 기억해두라.

저자가 원하는 편집자

어떤 편집자를 만나면 좋을까. 몇 번씩 강조하지만 원고를 존중하고 더 나아가 저자의 성향까지 이해하면 더할 나위 없다. 편집자가 단순히 교정만 보지 않는다는 것쯤은 저자들도 알고 있다. 원고에 대해 전문적 견해를 밝히고 부족한 부분을 지적해서 더 나은 방향으로 이끌어주기를 바란다.

출판 시장에서 마케팅 전략이 중요해지면서 고도의 편집 능력을 요구하는 시대다. 독자 눈높이에 맞춰 책을 편집 기획하고, 시장을 정확히 분석하여 전략적이고 경쟁력 있는 책을 만드는 편집자가 필요하다. 이 과정에서 혹여 저자가 받아들이지 못하는 부분은 대화로 문제를 해결하는 소통 능력도 갖춰야 한다. 편집자들도 자신들이 설정한 편집 방향과 선택을 존중해주는 저자를 원한다. 편집자의 성격과 취향을 받아들이고, 마음이 열린 저자와 일하고 싶을 것이다.

전에는 책을 읽다가 오타가 난 정도면 출판사를 탓하고, 오류가 나거나 좀 이상하다 싶은 문장을 보면 저자를 탓했다. 글자만 한글이고 눈이 어지러울 정도로 읽기 힘든 책을 보면 저자나 출판사나, 하며 못마땅해했다. 여러 가지 경험을 한 뒤에는 생각이 바뀌었다.

책을 읽다가 어딘가 이상한 문장을 보면 편집자가 잘못 바꾼 건가, 하고 의심한다. 앞부분과 연결이 안 되는 상황이 나오면 앞부분을 편집자가 삭제했다고 생각한다. 어떤 책은 문장에 일관성이 없어서 마치 두 사람이 쓴 것 같다는 생각이 들면 더욱 그런 의혹이 생긴다. 작가마다 문체가 있는데 앞뒤가 다르거나 문맥이 어색하다 싶으면 의문이 커진다.

편집자의 친절이 지나쳐서 생각지 못한 일도 벌어진다. 새벽까지 디자인 사무실에서 최종 교정을 마쳤는데 나중에 편집자가 괄호 안에 쓴 한자를 삭제해버렸다. 책이 나온 후에 알게 돼서 물었더니 이상해서 삭제했다고 한다. 밤도 늦었고 일정 때문에 급해 알리지 못했단다. 잘해보려고 하다가 생긴 일이라 그냥 넘겼다.

사진마다 일부를 잘라내고 만든 책도 있다. 사진시집인데 원본과 비교해보니까 1cm나 잘라낸 사진도 많았다. 그까짓 거, 할 수도 있겠지만 손바닥만 한 폴라로이드 사진에서 1cm는 상당한 크기다. 사진이 너무 많아서 그랬을까. 에필로그 원고도 말없이 한 단락을 삭제했다. 감사 인사 글도 아무 이유 없이 일부분을 삭제한 일도 있다. 지면이 모자란 것도 아니어서 의아했다.

그래서 저작권 문제는 그 어떤 것보다 충분히, 자세하게 의견을 나눈 뒤에 계약해야 한다. 명심하라. 책이 나온 뒤에 후회하는 것보다 까다롭다고 할 정도로 조심하는 편이 낫다. 그렇지 않으면 상처 난 책을 볼 때마다 후회한다. 편집자는 여러 책을 계속 만들기에 지나가지만 저자는 그렇지 못하다.

편집자도 사람인지라 성향이 다 다르다. 때론 언짢은 일도 생기고 원고를 훼손해 상심하기도 한다. 이런 일은 일부다. 대부분 전문가로서 저자를 이끌어주고, 보다 나은 방향으로 책을 가공할 줄 아는 능력자다. 이런 편집자를 만나면 절로 고개가 숙여진다. 책을 만드는 과정에서 배우는 점도 크니까 저절로 '선생님'이라고 부른다.

내 생각과 달라도 믿고 따르려고 한다. 가혹할 정도로 원고를 비판해도 전문가니까 의견을 받아들이려고 애쓴다. 힘이 들어도 과외수업을 받는다고 스스로 달랜다. 의견을 나누는 과정에서 한 발씩 이해하는 부분이 커가는 걸 느낀다. 때론 저자의 문장을 다시 살려내기도 한다.

선생님이라고 호칭하는 편집자가 하나씩 늘어나면 저자도 그만큼 커간다는 증거다. 선생님 중에 왕선생님도 만난다. 저자로서 든든한 응원군을 만난 셈이나 다름없다. 이 책을 읽는 독자들도 선생님이라고 부를 편집자를 만나길 선배로서 고대한다.

출판사 장단점 가리기

여기까지 왔으면 행복한 고민이 남은 셈이다. 다른 출판사는 모두 거절했는데 한 곳만 계약 의사를 보인다면 고민할 필요가 없다. 마음에 둔 출판사라면 두말할 필요도 없이 계약하면 된다. 그런데 여러 출판사에서 계약하자고 호의적인 반응을 보이면 어느 곳으로 정해야 할지 고민이다.

계약 조건도 비슷하다면 어찌해야 할지 갈피를 못 잡는다. 하루빨리 계약하고 싶은 마음에 서두르면 나중에 후회할 수도 있다. 어느 출판사와 정할지 결정하는 것보다 그중에서 하나씩 떨어뜨리는 방법이 있다. 하나만 남았을 때는 망설일 필요가 없는데 여러 곳이면 고민이 깊어진다.

이럴 때 출판사를 비교하는 표를 만들어본다. 출판 연도, 발행 부수, 회사 규모, 책 스타일, 편집 방향, 회사 성향, 편집자 성향, 기획 의도 이해, 원고 호응도, 저작권 존중, 결제 시스템, 차후 출판 계획 같은 항목을 만들어 비교해본다.

출판사와 미팅을 하면 보통 책을 선물받는다. 판권을 보면 출판

등록일을 알 수 있다. 지금까지 발행한 부수와 책 스타일은 인터넷 서점이나 출판유통진흥원(www.booktrade.or.kr)에서 출판사별 발행 건수로 알 수 있다. 이곳에서 발행한 책들을 보고 텍스트 위주인지, 아니면 이미지 위주인지 살펴보고 자신의 원고가 어느 출판사에서 나왔을 때 효과적일지 검토한다.

대화를 통해 대표의 출신과 담당자의 성향을 알 수 있다. 대화하면서 여러모로 분위기를 파악하라. 원고를 어떻게 생각하는지, 의사소통은 잘될지, 저자와 원고를 존중하고 잘 이끌어줄 편집자인지 대화한 내용으로 판단해보라. 편집자가 원고를 얼마나 가치 있게 대하는지는 저자에게 매우 큰 관심사다. 이 점은 정말 중요한데 책을 만들어보기 전에는 확실히 단정할 수 없다.

결제는 어떻게 하는지도 꼼꼼하게 협의한다. 1년 단위로 결산하는 출판사도 있고, 6개월, 3개월마다 하는 곳까지 다양하다. 잘 팔린다면 저자의 처지에 맞춰 지급해줄 수 있겠지만 책이 나오지 않은 상태에서 원고만 보고 장담할 수 없는 일이다. 그래도 이야기는 해볼 만하다. 경우에 따라 조정할 수도 있다. 2차 저작물에 대해서도 어떻게 진행할 것인지 논의해야 한다.

자신이 느끼고 판단한 것을 근거로 표를 만들어 주변에 의견을 물어보라. 무엇보다 중요한 것은 자신의 판단이므로 주변의 의견은 참고로 삼는다.

엉성하지만 다음과 같은 도표로 예를 들어본다(출판사 이름은 임의로 썼다).

첫 실용서 계약을 앞두고 만든 도표다. 이렇게 만들어놓고 보면 뭔가 객관적으로 보이는 거 같다. 상당히 주관적이지만 막연히 머릿속에서 생각하는 것보다 이런 식으로 눈으로 보면 한 걸음 떨어져서 생각해볼 여유가 생긴다. 어설프더라도 이런 표를 만들어서 고민하고 의문이 나는 점이 있으면 물어보라.

원고를 존중할 거라 믿고 계약했다가 중간에 편집자가 바뀌는 바람에 후회하는 일을 겪기도 한다. 여러 곳에서 계약하자는 제안을 받았지만 담당자를 보고 선택했는데 사람이 바뀌면 다시 생각해봐야

출판사 이름	골든페이퍼	파워북
창업 연도	1992년	2005년
발행 종수	186권	57권
사무실 규모	건물 5, 6층 사용	건물 2층 사용(마케팅팀과 디자인팀은 외부 소재)
편집, 기획 스타일	텍스트 위주 전문가, 학계 저자	이미지, 화보 등 다채로운 편집 대중 저자 발굴
회사 특징	외부 전문 경력자 영입, 확장 추세	유명 출판사 근무 경력 대표
출판사 성향	적극적	노련함, 확고한 자신감
편집자 성향	학구적	사교적
기획 의도 이해도	100%	100%
원고 호응도	100%	100%
원고 편집 개입 여부	0%	30% (협의 가능)
결제 시스템	연 단위로 정산, 인세 10%	추가 3쇄부터 2쇄분 지급 (8~10%)

하는 거 아닌가, 하는 의문이 든다. 계약할 때는 이런 점도 고려해야 한다.

인터넷 서점에 들어가 출판사를 살펴본다. 인터넷 서점은 판매지수와 추천지수 같은 수치를 제공하니까 이런 지표에서 밀리지 않는 출판사를 선택하면 유리하다. 앞에서 다 설명한 내용이다.

편집자가 저자 원고를 훼손했다면 저작권, 즉 동일성 유지권을 훼손한 것이다. 동일성 유지권은 저작권의 하나로 저작물의 내용·형식과 제호의 동일성을 보호받을 수 있는 권리다. 저작권 법령에도 '저작물을 이용하는 자는 원칙적으로 저작물의 내용이나 형식에 대해 변경을 가할 수 없다'고 명시하고 있다.

다만 저자가 허락을 했을 경우 출판사가 변경할 수 있다. 그러므로 저자는 편집 과정에서 원본이 달라졌는지 확인해야 한다. 출판사에서 변경한 내용이 표절이나 송사에 걸리지 않도록 확인하는 것이 바람직하다.

어떤 출판사는 글자 하나 고치지 않고 책을 내기도 한다. 이는 전혀 바람직하지 않다고 생각한다. 완벽한 원고란 있을 수 없기 때문이다. 더군다나 출판사는 전문가들이 모여 책을 만드는 곳이라 저자보다 편집 경험이 풍부하고 독자 욕구도 잘 읽는다. 그런데 오탈자까지 있는 그대로 둔다면 문제가 있다. 너무 심하게 고치는 것도 곤란하다.

행여 있을지 모를 다툼에 대비해 이런 내용을 계약서에 명시해놓는다. 굳이 계약서까지, 하며 난색을 표하는 출판사라면 다시 생각해봐야 한다. 정작 책이 나와봐야 제대로 된 출판사와 계약한 것인지 알 수 있을 테니 저자는 당연히 불안하다. 앞에서 설명한 과정조차 모르고 있다면 더 캄캄하지 않을까. 그러니 되도록 알아두라.

계약할 때 반드시 확인할 것

이런저런 행복한 고민 끝에 이제 출판사와 계약을 앞두고 있다. 이번에는 계약서를 꼼꼼하게 살피는 방법을 말하려고 한다. 지난 세월 출판계약서를 10여 건이나 쓴 경험이 있지만 모두 책으로 나온 건 아니다. 계약을 해도 출판사 사정에 따라, 또 계약할 때 잘 살피지 못해 책으로 빛을 보지 못하는 일도 있다는 걸 알아두라.

| 출간일을 확인하라

출간일을 반드시 확인하라. 정말 중요하다. 보통은 원고 마감 후 짧게는 두 달, 혹은 6개월 안에 출간한다고 구두로 약속해도 계약서에는 대부분 1년으로 적는다. 원고 보완 문제나 지체될 사정을 감안하는 것이다.

출판계약서는 아무리 읽어도 익숙하지 않다. 미리 받아 여러 번 읽어도 잘 모르겠는데 처음 본다면 더 낯설 것이다. 그래도 하나하나 읽어가면서 머릿속에 담아둬야 한다.

한 번은 출간일을 빠뜨린 적이 있다. 왜 이런 실수를 했을까. 아무리 되짚어봐도 알 수 없다. 계약서를 여러 번 써보고도 이런 실수를 하다니 한심해졌다. 결국 없던 일로 되고 원고는 사장돼버렸다. 불완전한 계약서라 어디에 하소연할 수도 없다.

그 뒤에는 출간일을 챙겼다. 저자는 하루라도 빨리 나오기를 원하겠지만 출판사마다 일정이 있기 때문에 조율이 필요하다. 원고에 따라서 출간일이 중요할 수도 있고, 또 저자의 계획이 있을 때도 출간일은 중요하다. 이때 출판사의 판단도 중요하므로 출간일은 서로 협의해 정한다.

계약금을 챙겨라

보통 계약할 때 인세 일부를 계약금으로 받고 책이 나온 후에 나머지를 받는다. 출판 계약이 아닌 일반적인 계약금은 통상 10%다. 출판 계약도 총 인세의 10%로 계산해 30~50만 원으로 정하기도 하고 그 이상도 있다. 내 경우는 100만 원을 받아왔다. 저자에 따라, 또 원고에 따라 계약금은 천차만별이다.

계약금은 많이 받고자 하는 저자와, 부담을 줄이려고 적게 주고 싶어 하는 출판사가 합의해가는 과정이다. 하지만 결국 조삼모사다.

 7부 계약은 살 떨려

저자 형편이 어려우면 조절해볼 수 있으니까 말해보는 것도 나쁘지 않다.

출간일을 잘 챙겨도 책이 나오지 못한 경우도 있다. 이후에는 하나하나 확실하게 해두었다. 기분 좋게 계약을 마치고 출간 일정도 정했다. 이제 계약금 이야기를 할 차례다. 대표가 내일 보내준다고 했다. 다음 날 송금해준다던 계약금이 며칠이 지나도록 들어오지 않아 연락했다. 이번 주에는 꼭 보내준다고, 이달 말까지는 보내준다더니 나중에는 전화를 받지 않았다. 무슨 사정인지 알 수 없어서 답답한 시간을 보냈다. 이 원고 역시 사장되고 말았다.

한 2년쯤 지나 우연히 어느 자리에서 만났을 때 물어보니 사정이 있었단다. 당시 내 원고로 약속한 투자자가 갑자기 돈이 잘 안 돌아 투자금을 받지 못해 그랬노라고 미안해했다. 사실대로 말해줬으면 좋았을 텐데 피하기만 해서 피해를 본 사례다.

계약 기간을 되도록 짧게 잡아라

계약 기간은 보통 5년으로 많이 한다. 간혹 7년, 10년으로 길게 하자는 제의를 받을 수 있을 텐데, 가능하면 5년을 지키는 게 좋고, 3년이면 더 좋다. 기간이 만료되면 다른 출판사를 찾아 새롭게 재탄생할 기회를 엿볼 수도 있는데, 너무 길면 계약한 출판사에 어떤 의견을 내보기가 쉽지 않다. 더군다나 팔리지 않으면 미안한 마음일 테니 개정판을 내보자는 말조차 하기 어렵다. 이때는 일단 저자가 거둬들였다가 다른 출판사를 통해 재도전할 기회를 찾아볼 수 있다.

앞서 말했듯이 '이미 나온 책도 기획에 따라 달라진다'고 한 것을 상기해보라. 기존에 나왔던 책도 기획을 새롭게 해서 내볼 수도 있는데 계약 기간이 길면 고민이다. 기간이 남아 있어도 흔쾌히 해지해주는 출판사도 있겠지만 거절하면 할 수 없다.

그래서 가능하면 계약 기간을 짧게 두는 것이 유리하다. 책이 잘나간다면 계약 연장을 할 때 유리하게 제안할 수도 있고, 반대의 경우라면 다른 기회를 꾀할 수도 때문이다.

진행 일정을 챙겨라

원고 진행 일정이 어떻게 되는지도 확인하라. 대부분 계약할 때는 물론이고 원고를 받으면 일정을 알려준다. 늦어지면 그 이유를 말하고 저자에게 양해를 구한다. 교정지가 오가며 짐작할 수 있으니까 크게 걱정하지 않아도 된다. 하지만 난생처음 책을 내는 저자는 책이 나올 때까지 무작정 기다려야 하는 시간이 몹시 길게 느껴질 테니까 세부 일정을 물어보라. 이 이야기는 뒤에서 다시 다루겠다.

인세를 챙겨라

계약할 때는 계약금, 원고를 넘길 때는 중도금, 책이 나온 후에는 나머지 인세를 받으면 좋을 것이다. 하지만 출판사가 이렇게 3번으로 나눠주는 것을 반기지 않는다. 그렇다고 안 되는 건 아니다. 저자의 처지를 이해하고 3번을 지급해주는 출판사도 있으니까 계약하기 전에 제안해볼 수 있다.

판매에 따라 인세를 조정하자는 제안도 가능하다. 판매가 늘어나면 몇 %씩 더하는지 출판사마다 다르기도 하고, 아예 없는 경우도 있으니까 사전에 물어보고 진행하라. 내 경우는 10%로 시작해서 3만 부 이상일 때 12%, 5만 부 이상일 때 13~15%로 정했다.

인세 결산도 협의하라. 연 단위인지, 6개월인지, 또는 분기별, 월별 단위로 할 것인지도 미리 상의해서 정해둬라. 출판사 결제 시스템에 맞추지 않고 저자가 원하는 대로 해주는 고마운 출판사도 있다.

계약금은 물론이고, 2쇄, 3쇄를 찍을 때마다 발생하는 인세도 약속한 날짜에 지급해달라고 말하는 것도 잊지 마라. 저자들은 인세 송금 여부가 궁금해도 출판사에 직접 말하길 꺼린다. 하다못해 일 년에 한 권도 팔리지 않았다 해도 저자는 알고 싶어 한다. 이와 달리 도서 판매 현황표를 보내주는 출판사가 있어 이럴 때는 자연히 비교하게 된다.

| 증정본도 챙겨라

나는 저자 증정본으로 20권에서 50권까지 받고 2쇄부터는 10권을 받았다. 책이 나오면 인사할 사람도 있고, 나중에 다른 작품으로 출간 의뢰를 할 때도 요긴하게 쓴다. 또 개인적으로 홍보할 때도 써야 하므로 넉넉히 받기를 바란다. 판매 촉진을 위해 홍보할 일이 있으면 사전에 출판사에 알리고 홍보용으로 더 받을 수도 있다. 이때는 어디에서 어떻게 홍보할 것인지 미리 상의한다.

증정본을 받으면 한 권은 편집용으로 두고 다시 읽으며 교정하고,

미흡한 부분을 메모해둔다. 나중에 재쇄를 찍거나 개정판을 만들 때 필요하다. 저자가 책을 직접 구입할 때는 할인가를 명시해놓았다. 보통 30% 정도로 할인해서 살 수 있다. 간혹 40%나 20% 할인가로 주는 출판사도 있다.

| 매절 유혹을 뿌리쳐라

'원고 매절'은 원고의 저작권을 출판사에 완전히 넘기는 일이다. 인세 계약을 하는 경우엔 저자가 저작권을 갖고 책이 팔리는 만큼 계속 인세를 받는다. 하지만 원고 매절은 보통 초판 인세보다 많은 금액, 즉 5천 부나 1만 부에 해당하는 인세를 받고 저자가 저작권을 출판사에 완전히 넘기는 것이다.

저자는 목돈을 받을 수 있으니 형편이 어려울수록 유혹에 흔들린다. 그런데 자신의 원고가 앞으로 어떻게 펼쳐질지 모른다. 완전히 팔아버리면 저작권은 물론이고 자신의 이름으로 어떻게 내용이 바뀔지도 모른다. 심한 경우는 출판사 편집부 이름으로 내기도 한다니 말리고 싶다.

매절하는 바람에 가슴 칠 일도 생긴다. 출판사는 엄청난 판매 부수를 기록하는데 저자는 한 푼도 더 받지 못한다. 애니메이션, 뮤지컬, 다양한 캐릭터 상품으로 부가 콘텐츠를 통한 수익을 누릴 수 있었을 텐데, 매절 계약을 해버리는 바람에 불행한 사례로 남았다.

계약을 그렇게 했으니 자신이 쓴 책이 베스트셀러가 되었는데도 특혜를 누릴 수 없게 돼버렸다. 아무리 속상해도 어디에 하소연해볼 수 없다. 출판사에서 고마운 마음에 선심을 쓴다면 혹여 모를까. 생활이 아무리 곤궁해도 매절은 거절하라고 말하고 싶다.

이 외에도 해외 출판권, 공중 송신권, 제3자 출판권이 있고, 연극, 영화, 방송, 게임, 애니메이션을 말하는 도서 외 판권이 있다. 이들 분야에서 발생하는 저자 수익률을 대개 비슷하다. 전자도서 출판권은 최종 판매 수익금의 25%부터 40%, 50%, 60%, 그 이상까지 보장받을 수 있는 만큼 다양하다.

내 경우는 25%와 50%에 각각 계약해왔다. 60%를 제안한 출판사에 50%만 받겠다고 해도 관례가 그렇다며 반려한 출판사도 있다. 출판사에서 이런 일을 하려면 그만큼 경비가 들어가니까 사양한 일인데 완고했다. 마지막에 가서 사정이 생겨 계약까지 이루지는 못했다. 뭐 어쨌든 저자한테는 좋은 일이다.

출판 계약 용어들은 몇 번씩 들어도 처음에는 머릿속에 쏙 들어오지 않는다. 그때마다 물어서 익혀가면 되니까 미리부터 겁먹을 필요는 없다. 어떤 계약서는 명시만 해놓고 인세율을 정해두지 않는다. 그냥 넘기지 말고 확실하게 해두라. 나중에 닥쳐서 정하려고 하면 서로 생각이 달라 얼굴을 붉힐 뿐이다.

자신이 세운 원칙을 지켜라

책 내기가 왜 이렇게 힘들고 고달픈가, 이건 뭐 원고를 쓰는 것보다 더 골 아프네, 할지도 모르겠다. 맞는 말이다. 그래서 저자를 관리해주는 에이전시가 있다면 얼마나 좋을까 싶다. 에이전시가 있다면 저자는 글만 열심히 쓰면 된다. 하지만 현실은 저자 스스로 원고를 사달라고 출판사 문을 일일이 두드려야 한다.

해외 도서를 중개하는 에이전시는 굉장히 많다. 우리 도서도 해외로 중개하는 에이전시가 많았으면 좋겠다. 스티븐 킹의 『유혹하는 글쓰기』에 에이전시 이야기가 나온다. 부러운 현실이다. 우리나라는 독서 시장이 크지 않아서 쉽지 않다.

이 글을 쓰면서 알아보니까 국내 작가들을 관리하는 에이전시가 몇 군데 있긴 하다. 출판에이전시, 종합출판에이전시로 검색하면 된다. 그런데 막상 홈페이지에 들어가보니까 저자들을 출판사에 연결해주는 일이 그다지 활발해 보이지 않는다. 그래도 전혀 없는 게 아니어서 반갑다.

출판사에 이메일을 보내는 일도 힘든데 저작권과 편집권의 권한과 제한, 계약 전에 명심할 것과 확인할 것을 읽다 보면 머리에 쥐가 날 지경이다. 이런 모든 걸 꼼꼼하게 따져봐야 한다고 여기면서도 과연 이렇게까지 따지면 까다로운 저자라고 거절하지 않을까, 하고 움츠러들지도 모르겠다.

그래도 자신이 세운 기본 원칙을 어느 정도 지켜야 나중에 오해가 생기지 않는다. 좀 번거롭게 느껴서 가슴 졸이기도 하지만 꼭 필요한 일이다. 출판사에서 보면 저자의 권익만 챙기는 건 아닌가, 할지도 모른다. 하지만 곰곰 생각해보면 그렇지도 않다. 세심하게 짚고 넘어가서 나쁠 건 없다고 생각한다.

두루뭉술하게 계약하고 저자는 저자대로, 출판사는 출판사대로 달리 생각한다면 나중에 벌어진 오해를 수습하느라 감정이 서로 상하지 않겠는가. 오히려 이런 점들을 사전에 서로 짚고 넘어가면 당시에는 좀 거북하고, 때로는 얼굴을 붉힐지 몰라도 나중에 편하다. 왜 아니겠는가. 시시비비가 일어날 조짐을 없애자고 하는 일인데 꺼릴 까닭이 없다고 본다.

애써서 계약 직전까지 갔는데 예기치 못한 상황이 발생해서 포기한 경우도 있다. 바로 이 책을 진행하며 생긴 일이다. 몇 군데 중에 제일 마음에 든 출판사다. 저작권을 존중해주고 대화가 잘 통해서 무척 고무된 기분으로 진행해나갔다. 그런데 슬그머니 걱정이 들었다. 편집자가 바뀌는 바람에 고생한 일이 떠올랐다.

이렇게 코드가 잘 맞는데 중간에 담당자가 그만두면 어쩌나, 하는 불안감이 슬금거렸다. 혹시 계약서에 도장 찍고 난 후에 그만두는 일은 없는 거죠? 하고 가벼운 마음으로 물었다. 걱정 말라던 불안이 현실이 되었다. 담당자가 출판사를 관둔다는 거다. 이런 날벼락이 어디 있나, 책임지라고 성화를 부렸다. 이 책을 만든 후에 사표 내라고 닦달했다. 왜 이렇게 힘드나, 맥이 빠졌다.

이 경험으로 배운 점이 있다. 계약서에 도장을 찍을 때까지는 출간기획서를 다른 출판사에 계속 보내야 한다는 점이다. 당시 이 출판사와 계약하기로 결정해서 더 이상 출간 문의를 하지 않은 상태였다. 애초 계약한 편집자와 일하지 못한다면 저작권이 아무래도 염려된다. 단 한 번 경험이 상처가 돼서 계약을 포기했다.

내 경험담을 읽다 보면 책 내는 일이 힘들구나, 하는 생각이 들지도 모르겠다. 게다가 편집권이든 저작권이든 저자가 주장해서 받아들이는 출판사가 없다면 어쩌지? 하는 우려가 들 수도 있다. 조심했는데도 막판에 거절하면 어쩌나, 하고 걱정하지 마라. 저자의 권리와 원고를 존중하지 않는 출판사와는 계약하지 않는 게 바람직하다.

다시 수고한 덕에 이번에는 출판사 대표와 계약 건으로 만났다. 결론부터 말하면 저자의 권리와 원고를 이해하고 받아들이는 출판사가 있기 때문에 지금 이 글을 쓰고 있다. 처음부터 쉬웠던 건 아니다.

대화가 무르익어 「원고가 침해당한 사례」를 조심스럽게 꺼냈다. 그때까지 충분히 공감하던 대표가 저자의 '원고 편집권'을 보장해줬으면 좋겠다고 하자 난색을 표해 곤란해졌다. 그런 말도 안 되는 편집자가 어디 있느냐며 태도를 바꿨다. 아무래도 까다롭게 구는 저자가 아닐까, 하는 노파심이 일어난 모양이다.

말도 안 되는 일을 당했기에 물러설 수 없었다. 입이 바싹 마르고 진땀이 났다. 이러다가는 계약이 깨질지도 모를 일이다. 속상한 이야기를 다 했으니까 충분히 알아들었겠지, 저자의 원고 편집권을 주장했다가 낭패를 보는 건가 싶어 떨렸다. 정신을 가다듬고 진심을 다해 내 뜻을 설명했다.

이때까지 저자의 '저작권'을 '편집권'으로 잘못 알고 출판사에 저자의 '원고 편집권'을 보장해달라고 요구한 일이 여러 번 있다. 편집권을 두 가지로 본 것이다. 저자는 '원고 편집권', 출판사는 '출판 편집권'으로 구분해서 말했는데 출판사는 편집권이라는 말에 까다롭게 구는 저자라고 선입견이 생겼다는 걸 나중에 알았다.

내 원고에 관심을 크게 보이다가도 원고 편집권이라고 잘못 말했으니 출판사의 편집권을 저자가 주장하는 것으로 오해해서 기겁하게 만들고 말았다. 출판사야말로 '편집권'을 지키는 일이 중요하다는 말을 출판 관계자한테 듣고 '제대로' 말하지 못해 벌어진 오해라는 걸 알고 자책했다. 이날도 계속 저자의 '원고 편집권'과 편집자의 '출판 편집권'에 대해 내 생각을 설명했다. 저자 원고를 존중하고 편집 방향을 함께 의논하면서 작품을 만들면 좋겠다고 얘기했다. 한참 만에 내가 잘못 말하고 있다는 걸 이해했다. 무슨 말인지 해석해 알아듣고 드디어 계약서를 보내주겠다는 말이 떨어졌다!

이렇게 처음에는 큰 사안에 합의한다 해도 일하는 과정에서 서로 생각하는 바가 달라 갈등이 일어나기도 한다. 그래도 어느 정도는 서로 합의를 해둬야 한다. 계약서 특약 사항에 '저자의 원고 편집권을 존중한다'는 문구를 넣어달라고 부탁했다. 저자 저작권이라고 해야 하는데 끝까지 잘못 말했다.

출판 계약의 기본은 저자나 출판사가 합리적인 태도로 기본을 지키면 된다고 생각한다. 가장 중요한 것은 서로의 처지에서 진지하게 생각해보고, 두 주체가 함께 공존할 수 있는 가장 유리한 선택을 하는 것이다. 그런 기본만 지킨다면 충돌할 일이 없으리라. 편집자는 원고와 저자를 십분 존중해주고, 저자는 출판사의 편집권을 존중하면 된다. 서로 이견이 생긴다면 대화하고 합리적으로 풀어나가면 된다.

'저자의 저작권을 존중한다'는 문구만 계약서에 넣어도 저자는 반갑고 기쁘다. 이 책을 계약한 출판사는 "'을'은 '갑'의 저작권을 존중하여 편집 전체 과정에 저작권자로서 '갑'의 출간 의도와 방향을 충실히 반영하여 제작 결과물에 구현될 수 있도록 한다"는 문구를 특약 사항에 넣었다. 믿기지 않아서 몇 번씩 읽었다. 지금까지 계약하면서 이정도로 감동받은 적이 없다. 기쁜 마음에 여기저기 자랑하기 바빴다. 모두 내 일처럼 축하해주었다.

사람은 누구나 자신을 알아주는 사람에게는 헌신하고 충성하는 법이다. 선비는 자신을 알아주는 사람에게 목숨을 바친다는 사위지기자사(士爲知己者死) 고사를 떠올리지 않아도 마음이 맞는 출판사와 손을 잡는다면 정말 행운이다.

계약할 때는 자신이 세운 기본적인 원칙을 잊지 마라.

자신의 원고를 이해할 뿐만 아니라 저자의 생각을 십분 이해하는 출판사가 있다는 걸 믿고 도전해보라.

일정을 미리 상의하라

- 다음에 또 올게.

- 언제요?

- 응? 다음에…….

- 그게 언젠데요? 며칠이에요?

- 어, 가만있자…….

또랑또랑한 눈으로 조카가 다음 말을 기다렸다.

막내조카의 물음에 늘 당황했다. 며칠쯤이라고 하면 또다시 묻는다. 그 며칠쯤이 언제냐는 거다. 그래서 언제라고 말하면 거기서 그치지 않는다. 몇 시냐고 묻는다. 조카가 초등학교에 입학하기 전 일이다. 그 후에도 막내조카의 며칠날, 몇 시, 몇 분에, 하는 물음에 진땀을 흘렸다. 기다리는 사람은 아이나 어른이나 똑같이 일각이 여삼추다.

지금부터는 이 일일여삼추를 말하려고 한다. 원고를 보내면 받았다고 바로 연락하는 곳도 있고, 아무 연락이 없는 곳도 있다. 며칠 동안 아무 소식이 없으면 답답하다. 며칠날, 몇 시, 몇 분까지는 아니라도 며칠날 정도는 알고 싶다. 이제 원고는 내 손을 떠났으니까, 하고 느긋한 저자는 드물 거다.

원고를 넘긴 후 저자는 책이 어떻게 나올지 몹시 기대에 차 있다. 편집자마다 스타일이 달라서 바로바로 피드백을 해주는 편집자도 있고, 몇 주일이나, 한 달 넘게 아무 소식이 없을 때도 있다. 감감하면 조금씩 불안이 커진다. 궁금해도 일하는 데 방해할까 싶어 전화도 망설인다.

출판사에서 일하는 사람들은 늘 하는 일이라 익숙하니까 저자 처지를 세세하게 알지 못하는 것처럼 보인다. 저자 또한 출판사 일정을 알 수 없어 애태운다. 원고를 보낼 때 어떻게 진행하는지 물어볼걸, 하고 후회한다. 그러니까 마음 졸이지 말고, 출간 일정을 말해주지 않으면 물어보라. 모든 일정을 세세히 살펴 일각이 여삼추 같은 시간을 보내지 않길 바란다.

이제 거의 다 왔다.

힘을 내라.

PR 실전 기법

잘나가는
베스트 작가가
되자

홍보, 가능한 모든 수단을 동원하라

홍보와 마케팅에 작가들은 무지한 편이다. 이런 일은 당연히 출판사에서 해야 한다고 여긴다. 저자도 적극적으로 나서야 한다고 생각하지만 뭘 어떻게 해야 하는지 막연하다. 책 홍보는 대상 독자에 먹히는 전략을 찾는 것이 핵심이다. 누구를 위한 것인가, 누가 읽었으면 좋겠는가를 요체로 홍보 마케팅 전략을 세운다. 경험이 없는 저자들에겐 어려운 숙제다. 그렇다고 전혀 방법이 없는 건 아니다.

출판사 마케팅 전문가와 함께 홍보 전략을 공유하면서 실행해나가면 된다. 저자가 현실적으로 할 수 있는 홍보 활동은 출판기념회와 강연, 저자 사인회 정도다. 출판기념회는 저자를 직접적으로 알리고 책 판매도 할 수 있는 기회다. 출판사에서 진행하는 다양한 홍보 이벤트나 광고 캠페인과 연동하여 저자를 다양하게 노출시킬 기회를 잡아야 한다.

나는 책이 나오면 인맥을 총동원해서 분주하게 움직였다. 지인들 모임에서 책 홍보를 하고, 아는 음식점이나 카페에 전시도 하며, 평소 알고 지내는 동네 서점에도 부탁해 특별 매대를 만들어 한 권이라도 팔아보려고 애썼다.

인터넷이 활성화한 후에는 개인 블로그를 만들어 책이 나올 때마다 알렸다. 온라인이든 오프라인이든 활발하게 활동하는 사람은 알릴 곳이 많을 거다. 이참에 활동 영역을 넓혀 책을 홍보하는 일에 적극적으로 나서라. 맨투맨으로 뛰어다니는 것보다 효과적이다.

하지만 자연 판매는 다른 문제다. 가장 이상적인 형태는, 독자가 온전히 개인의 선호로 책을 구입하고 책에 감화해서 입소문을 내는 것이다. 이는 모든 출판사의 과제다. 일차적으로 출판사는 독자에게 책을 알릴 수 있는 홍보 마케팅에 주력한다. 독자가 책을 인지해야 구매 욕구가 생길 테니까 말이다.

책이 나오면 출판사는 각종 매체에 책과 함께 보도자료를 뿌린다. 신문 · 방송은 독자 감성과 흐름에 맞고, 눈에 띄는 책을 선정해 서평을 싣는다. 온라인 서점과 오프라인 서점의 해당 분야 MD와 홍보 책임자를 만나 도서 홍보 전략을 논의하기도 한다. 이 외에도 관련 분야 사람들과 함께 출간 기념회를 열기도 하고 저자 강연, 사인회, 서평 이벤트 등을 기획한다.

저자도 이런 점을 감안해 인맥을 활용한 홍보 활동을 계획해볼 수 있다. 출판사의 홍보 마케팅 전략에 동참해서 할 수 있는 일을 찾아본다. 도서관이나 서점, 각종 문화센터에 강좌를 요청해볼 수 있다. 물론 처음부터 쉽지 않다. 거절을 두려워 마라. 거절을 자양분 삼아 발걸음을 하라. 용기를 내서 시도해보라. 첫걸음을 해보는 게 필요하다.

적극적으로 나서야 인터뷰와 강연 섭외도 들어온다. 나 또한 첫걸음부터 시작해 여기까지 왔다. 판매에 보탬이 되도록 인터뷰도 하고, 강의를 하며 홍보에 최선을 다하고 있다. 베스트셀러도 한 권부터 시작했다.

보도자료 작성하고 배포하기

보도자료는 출판사에서 작성해서 대중 매체와 인터넷 서점에 배포하기 때문에 저자가 애쓸 일은 없다. 저자와 출판사는 홍보를 주도할 주체이기는 하지만, 아무래도 출판사가 마케팅 경험과 노하우가 많기 때문에 저자는 출판사의 마케팅 전략에 협조하여 발 빠르게 대처하면 된다.

보도자료는 마케팅 포인트에 따라 부각할 요소와 방향이 달라질 수 있다. 예를 들면, 이미 많은 독자를 거느린 유명 작가라면 이름 자체를 마케팅 포인트로 쓸 수 있다. 'ㅇㅇㅇ의 신작'이라는 헤드라인으로도 힘을 발휘한다. 하지만 신인 작가일 경우, 책 내용에서 독자 관

  8부 잘나가는 베스트 작가가 되자

심을 잡을 만한 요소를 끄집어내야 한다. 무엇을 전면에 내세우는가에 따라 책의 성공 여부가 갈리기도 한다.

10년 전 행복 심리학이 독자들에게 크게 관심을 끌었다. 많은 사람들이 행복하게 살고 싶다는 희망을 책을 통해 얻고 싶어 했다. '행복'이란 제목을 달고 나오는 책이 봇물을 이뤘고, 행복한 사람이 되기 위해 독자들은 다양한 교양심리서를 읽었다. 아직도 행복이란 우리가 추구하는 희망이긴 하지만 더 이상 새로운 키워드는 아니다. 따라서 출판사는 다른 대안적 키워드를 고심한다. 출판사가 보도자료를 쓸 때 가장 고민하는 부분이 바로 이런 점이다.

보도자료는 전국 언론사와 주간지, 월간지, 여성지, 사보, 그리고 서점 인터넷 웹진과 관련 분야 인터넷 사이트에 광범위하게 뿌린다. 전국 대중 매체에 소개하는 만큼 대중 기호와 트렌드에 맞는 책 소개가 관건이다. 당연히 대중과 시대 흐름에 흥미를 불러일으킬 수 있는 주장이나 콘셉트를 담는 것이 중요하다. 저자도 고심할 필요가 있다. 출판사에 제안해볼 수도 있고, 강의할 때도 유용하게 쓸 수 있다.

단순히 책의 줄거리만 전달하는 것이 보도자료는 아니다. 이 책이 왜 필요한지, 어떤 사람이 읽었으면 좋겠는지 키워드를 잡는다. 눈에 띄고, 마음을 사로잡을 수 있도록 매력적인 문구를 찾아야 한다. 처음부터 쉽지는 않을 것이다. 일단 쉽게 접근하고 차근차근 고심해나갈 필요가 있다.

지금까지 한 이야기를 토대로 보도자료를 직접 만들어보자. 「내가 첫 독자다」 편에서 5분 정도 말하면 원고지 8~10매 분량이라고 했다. 이 정도면 A4 1장을 채운다. 책 내용을 요약해서 여러 번 말해본다. 이때 가능하면 예상 독자들한테 말하듯이 이야기한다. 녹음해서 풀어보는 방법도 있다. 앞서 말했듯이 단어나 문장에 얽매이지 말고 그냥 써라.

다 쓴 뒤에 소리 내서 읽어본다. 매끄럽게 읽히는지 확인해본다. 소리 내서 읽으면 눈으로 볼 때와 다르게 흐름이 끊기는 부분이 있다. 이렇게 걸리는 부분은 다시 손본다. 어색한 부분은 없는지 중요한 걸 빠뜨리지 않았는지 살피고 다듬어라.

완성한 다음에는 이 파일을 그대로 복사해서 새로 만든다. 예를 들어 바다 이야기 원고라면 '바다 이야기 보도자료 1'은 원본이고, '바다 이야기 보도자료 2'는 교정한 원고다. 이 원고가 실제로 매체에 보낼 원고다. 이렇게 원본을 보존하는 이유는 앞에서 설명했다. 원본에서 계속 교정하면 먼저 작업한 내용이 필요할 때 알 수 없다.

자, 이제 보도자료 2 파일을 열어 맨 위에 '보도자료 요청서'를 쓰고 책 제목과 지은이, 출판사와 책값, 면수를 적고 출판사 전화번호와 팩스, 이메일 같은 안내를 적는다. 인터넷 서점에서 본 관련 책을 참고해서 만들면 편하다. 이렇게 하면 보통 5줄에서 많게는 15줄까지도 나온다. 행간을 띄우고 양식에 모양을 내면 10줄이 넘을 수도 있다. A4 용지 1장이 넘치면 요약해서 1장으로 만든다.

이렇게 만든 보도자료를 더 줄인다. 원고지 3매 정도로 줄인 보도자료를 만들어두면 매우 유용하다. 이렇게까지 할 필요가 있을까? 있다! 수없이 도착하는 책과 보도자료를 기자가 일일이 다 읽어보고 기

   8부 잘나가는 베스트 작가가 되자

사를 작성한다고 생각해보라. 엄청난 격무에 시달릴 거다.

이왕이면 내용도 알차고 한눈에 알아볼 수 있는 보도자료를 만들어보자. 4~5권을 한 번에 소개할 때 3매 정도로 요약한 보도자료는 빛을 발한다. 3장으로 줄이는 방법도 앞에서 한 것처럼 간단하다. 이번에는 1분 30초 내외에 맞춰 말하듯이 이야기를 해본다. 이러면 대략 A4 용지에 10줄 내외다. 원고지로는 3매 분량이다. 이제 1장짜리 보도자료에 요약한 책 소개를 싣고 다음 장부터는 지은이 소개, 차례, 서문을 순서대로 붙인다. 끝에 3매로 줄인 내용도 함께 보낸다.

처음 해보면 보도자료를 제대로 한 것인지 궁금하다. 하지만 겁먹을 필요 없다. 이럴 때는 인터넷 서점에 들어가 살펴본다. 먼저 자신이 읽은 책들을 생각나는 대로 찾아보라. 그 책을 어떻게 소개했는지 보라. 어떤가. 한눈에 알 수 있고 또 읽어보고 싶게 만들었나? 아니면 어딘지 부족하다고 느끼는가.

그다음에는 읽고 싶은 책이 있는지, 그 책들은 어떻게 소개했는지 살펴보라. 책 소개만 보고도 사고 싶은가. 출판사 리뷰가 읽고 싶게 하는지 살펴보라. 더 나아가서 자신이 쓴 책과 유사한 책 중에서 베스트에 오른 책을 골라 책 소개를 읽어보라. 바로 사고 싶을 정도로 매력적인가.

이 중 모델로 삼은 책 소개 글과 자신이 만든 보도자료를 비교해보라. 어떤 차이가 나는지 살펴보라. 보완할 것이 있다면 고쳐 최종 완성한다. 아예 처음부터 매력적으로 소개한 글을 교본 삼아 책 소개를 쓸 때 참고하는 방법도 있다.

보도자료를 만들었으면 신문과 잡지사에 보낼 차례다. 평소 알고 지내는 기자가 있다면 연락해서 책을 소개하라. 주변 인맥을 동원해서 아는 기자를 소개받아라. 대부분 출판사는 매체마다 책 담당기자 리스트가 따로 있고, 보도자료를 보내는 것이 시스템화되어 있다. 그렇지만 매체가 워낙 많으니까 저자도 이참에 알아두고 자신이 만든 보도자료를 직접 보내보자. 출판사와 겹치지 않게 사전에 조율해서 보내도록 한다.

신문사 홈페이지에 들어가면 '도서'나 '새로 나온 책' 같은 코너가 있다. 이 기사 끝에는 보통 기자의 이메일 주소가 있으니까 이것을 참고해 보낸다. 검색 창에 도서 안내나 책 소개 같은 단어로 검색해 기자의 이메일 주소를 알아내는 방법도 있다. 물론 기자들한테 보낸다고 해서 다 기사로 나오지는 않는다. 저자로서 자신의 책을 홍보하려는 노력이 중요하다.

요즘에는 워낙 매체가 많기 때문에 게재 경쟁 또한 치열하다. 그래서 오히려 중앙 언론보다 지역 언론에 책 소개를 요청하는 것이 유리할 수 있다. 노출이 많아야 책도 확산되기 때문에 전국 지역 언론과 미디어 플랫폼, 다양한 콘텐츠를 공략하는 것도 훌륭한 방법이다.

자신이 살고 있는 지역의 신문은 웬만해서 기사로 다뤄주고, 나중에 인터뷰 요청도 들어온다. 지역 신문에 나온 기사를 보고 지역 방송에서 인터뷰한 경험도 있다. 어떤 곳이든 저자도 발 벗고 홍보하는 일에 나설 필요가 있다. 출판사에서 만든 보도자료를 받아 진행하면 한결 수월하다.

마케팅 과정을 경험하면 홍보 능력과 함께 책을 바라보는 시야가 넓어진다. 보도자료를 써본 저자와 그렇지 않은 저자는 나중에 여러 모로 차이가 난다. 이 과정을 즐기면서 작업하다 보면 다음 책 기획을 하는 데 한층 발전한 자신을 느낄 수 있다. 어떤 시각으로 작품을 이 끌어나가야 할지 안목과 자신감도 높아진 것을 깨닫는다.

인터뷰 기사 만들기

인터뷰 하는 일도 만만치 않다. 신문사에 보도자료를 보내거나 직접 만나는 일은 오히려 수월하다. 인터뷰는 상대가 저자와 책을 논평하는 것이라 조심스럽다. 신문이나 잡지에 자신을 소개한 기사를 보고 감사하기도 하고 실망하기도 한다. 드물게 곤욕을 치르기도 한다. 인터뷰로 새로운 인간관계가 생기기도 하고 관계가 틀어질 때도 있다. 경험이 있는 사람들은 공감할 것이다.

어차피 기사로 나가면 당사자가 본다. 중요한 내용은 취재수첩에 메모해두고 헤어지기 전에 저자한테 확인해서 잘못 쓸 일을 애초에

막는 기술이 필요하다. 어떤 사안의 인과관계라든가 숫자는 매우 중요하므로 특히 확인해야 뒤탈이 생기지 않는다. 하지도 않은 말을 따옴표까지 써서 개탄하게 만들고, 터무니없이 '펜질'을 해대면 오해도 생긴다. 차라리 저자한테 먼저 보여주고 수고를 부탁하는 게 훨씬 낫다고 생각한다.

이참에 인터뷰도 스스로 써보길 권한다. 자신을 차별화하고 경쟁력을 높이기 위해서라도 준비해둬라. 자화자찬할 필요 없이 정확한 내용만 담길 것이다. 에이, 어떻게 자신을 인터뷰할 수 있어? 하는 생각으로 어색해하거나 망설일 필요가 없다. 자기소개서나 블로그를 운영하는 것도 넓은 의미에서 셀프 인터뷰다.

자신을 인터뷰 하는 게 어려울까? 그렇지 않다. 해보지 않아서 생소할 뿐이다. 보도자료를 만들 때처럼 한다. 어차피 이 과정도 자신의 책을 홍보한다고 생각을 바꾸면 한 걸음 내딛는 데 도움이 된다. 여기까지도 왔는데 인터뷰쯤이야! 인터뷰 기사를 스스로 만들어본 저자와 그렇지 않은 저자는 나중에 차이가 난다. 놀랄 만큼 향상한 자신을 느낀다.

인터뷰 할 질문을 만들면서 자신의 책을 객관적으로 보는 힘을 키우고, 독자가 어떤 내용을 궁금해할까, 고심하면서 부족한 부분을 보충할 수 있다. 이렇게 스스로 질문하고 답하고, 자연스럽게 이야기를 하다 보면 어떤 내용을 담아야 할지 자신만의 요령이 생긴다. 질문지를 통해 강조할 점과 광고 문구가 떠오르기도 한다.

만약 가족이나 지인 중에 멘토가 있으면 어떤 내용인지 알고 있으니까 멘토에게 인터뷰를 요청해서 작업하면 실감이 난다. 사람들한 테 이런 책을 쓰려고 한다고 이야기했으므로 그 사람들에게 인터뷰를 해달라고 요청한다. 마땅히 없다면? 다른 방법을 찾는다.

다른 저자의 책 중에 내용을 잘 알고 있는 책을 샘플로 삼는다. 저자 앞이라고 상상하고 묻는다. 이 책을 낸 동기와 의문 나는 것, 공감한 내용이 있다면 구체적으로 묻고, 저자한테도 궁금한 점이 있으면 뭐든 물어본다는 생각으로 질문지를 만든다. 만약 샘플로 삼은 책을 인터뷰 한 기사가 있으면 좋을 거다. 없어도 괜찮다. 이가 없으면 잇몸이 있으니까.

다른 책은 인터뷰를 어떻게 했는지 검색해 찾아본다. 저자 이름+인터뷰, 책 이름+인터뷰로 검색하면 된다. 인터뷰 기사 단어로 검색해도 정보를 얻을 수 있다. 보도자료와 인터뷰를 다룬 책도 있으니까 공부해보는 것도 좋다.

인터뷰 기사를 읽어보면 매력적인 글도 많다. 이때는 기자 이름을 본다. 이런 기자와 인터뷰를 한다면, 하는 생각만으로도 가슴이 설렌다. 따옴표 안에 정리한 저자의 말도 눈길을 끌고, 기자가 이끌어가는 호흡과 노련하고도 진심 어린 문장은 감탄을 자아낸다.

인터뷰 기사도 많이 읽어두면 자신의 인터뷰 기사를 쓸 때나 인터뷰를 할 때 큰 도움을 받을 수 있다. 이렇게 다방면으로 정보를 모아둔 후에 만든 질문지를 바탕으로 자신의 인터뷰 기사를 만든다. 질문지를 보고 하나씩 말하듯이 답한다. 보도자료와 서문, 감사의 글을 쓰면서 자신만의 방법이 생겼으리라.

이런 식으로 여러 번 연습한 후에 시간을 잰다. 파일을 열고 질문에 답해가며 글을 쓴다. 한 꼭지마다 15매를 쓴다는 목표를 세워 여기까지 왔다. 이번에도 15매에 맞춰 한다. 이때도 4줄씩 써나가라. 쓰고 난 후에 원본으로 둔다. 앞서 예를 든 것처럼 '나비 이야기-인터뷰 기사 2'로 교정한다. 물론 교정할 때는 눈으로 하지 말고 소리 내서 읽으면서 한다.

원본은 보관하고 나비 이야기-인터뷰 기사 3, 4, 5, 하는 식으로 15매에 가까운 원고를 다듬어 완성한다. 완성한 후에는 똑같은 방법으로 7~8매로 줄여서 만든다. 보도자료에서 해봤기 때문에 이제는 어렵지 않다. 왜 줄인 인터뷰 기사까지 만들어두느냐는 것을 굳이 말하지 않아도 눈치 챘다면 당신은 백 점이다!

여기까지 온 그대는 이제 『나도 작가다』에 성큼 다가갔다.

자신의 이름이 박힌 책이 나올 날도 가까워졌다. 건투를 빈다.

[팁] 인터뷰 질문지 샘플 1

경인방송 '라디오 책방' 『1억으로 수도권에서 내 집 갖기』

1. 먼저 본격적인 인터뷰에 앞서 『1억으로 수도권에서 내 집 갖기』는 어떤 책인지 간략히 소개해주시기 바랍니다.
2. 9개월 동안 500여 채의 집을 보러 다니셨다고 했는데요. 마음에 드는 집을 찾기 위해 세운 원칙이 있다면 무엇인가요?
3. 많은 정보를 위해서는 부동산을 잘 활용하는 것이 무엇보다 중요할 텐데요. '멘토 부동산'을 섭외하라고 하셨는데, 이 멘토

부동산을 선정한 기준은 무엇이었습니까?

4. 주택을 구입할 때 가장 피해야 할 장소나 피해야 할 매물이 있다면 말씀해주시죠.

5. 특히나 시골집은 같은 집을 두고도 사람마다 말이 달라서 시세 파악이 힘들다고 하는데요. 대략적이라도 시세를 파악할 수 있는 방법이 있습니까?

6. 서류에 대한 중요성을 거듭 강조하셨는데요. 최종 계약 전 꼭 확인해야 하는 사항은 어떤 것이 있을까요?

7. 현재의 집을 구입하면서 정말 많은 일들을 겪으셨는데요. 예산을 날릴 뻔한 경험도 하셨다고 했는데 어떻게 된 일이었습니까?

8. 이렇게 산전수전을 겪으며 알짜배기 시골집을 구하셨는데요. 마지막 과정으로 집을 수리하다 보면 예산 초과는 당연하다고들 합니다. 예산에 맞춰 수리를 마치는 방법은 없을까요?

9. 어렵게 얻은 시골집 생활에 대한 만족감을 곳곳에서 나타내셨는데요, 도시 생활과 확연하게 다른 점은 어떤 것입니까?

10. 마지막으로 앞으로 시골에서 집을 구하실 분들께 남기는 말씀 들으며 인터뷰 마무리하겠습니다.

[팁] 인터뷰 질문지 샘플 2

독서신문 '사람과 책' 『명랑 시인의 귀촌 특강』

1. 한마디로 왜 서울을 떠났나요. 그리고 귀촌 결정은 어떤 과정

을 거쳐 내렸나요?

2. 시골에서 뭘 먹고 살까, 많은 사람이 걱정하는 대목입니다. 작가께서 걱정 없다는 답을 좀 하신다면?

3. 또 하나 걱정은 자녀교육입니다. 책에도 충분히 설명했지만 독자들을 위해 다시 한 말씀.

4. 시골집 구하는 게 보통이 아니군요. 집수리도 큰일이고요. 노하우를 공개하신다면?

5. 그래도 이런저런 문제가 있을 거라 짐작합니다. 마음의 갈등, 또는 시골 주민과의 갈등을 예를 드시고 그 해결책도 함께 부탁드립니다.

6. 시골에 사는 재미, 뭐가 가장 클까요. 한마디로 딱 잘라 말하기는 어렵겠지만요.

7. 요즘 하루는 어떻게 보내시나요? 일어나서 주무실 때까지요.

8. 서울 나들이하면 기분이 어떤가요? 낯선가요 아니면 머리가 아픈가요?

9. 주변에서 귀촌 문의를 하는 경우도 있겠어요. 어떤 질문을 많이 하는지요. 또 어떻게 답하시는지요?

10. 서울 사는 직장인은 귀촌이 힘들잖아요. 조언을 해주신다면?

11. 은퇴하고 귀촌하는 건 어떨까요, 너무 늦나요?

12. 지자체에 하실 말씀도 많더군요. 가장 하시고 싶은 말씀은?

13. 질문에는 없지만 꼭 하시고 싶은 말씀 있다면?

   8부 잘나가는 베스트 작가가 되자

저자가 직접 할 수 있는 홍보

출판기념회

출판기념회는 수고가 많아도 지인들에게 한 번에 알릴 수 있는 좋은 기회다. 현장에서 책도 팔고, 현수막을 통해 광고도 할 수 있다.

강연회

도서관이나 서점, 백화점, 대형 마트에서 강좌를 열 수 있다. 지자체마다 운영하는 문화 강좌에도 문을 두드려본다. 주민자치센터에 특강을 요청해볼 수도 있다. 이외에 단체에서 운영하는 모임이나 시민대학도 두드려볼 만하다. 출간기획서처럼 저자 강연 요청서를 만들어 이메일을 보내거나 직접 나서서 책을 증정하고 설명하면서 요청한다. 반기는 곳도 있고, 거절하는 곳도 있다. 거절을 두려워 마라. 출판사에 이메일을 보내고 한없이 기다리며 숱한 거절을 이겨낸 경험을 기억하고 힘을 내라.

모임이나 카페에 알리기

활동 중인 동호회나 인터넷 카페가 있다면 좋은 기회다. 온라인이든 오프라인이든 적극 홍보하라. 참여가 미미하거나 가입한 곳이 없다면, 이참에 다시 활동하고 미리 준비하라.

SNS 활용하기

블로그, 카카오스토리, 트위터, 페이스북을 운영하면 의외로 효과적이다. 이때 검색어나 핵심 문구를 잘 선정하는 것이 중요하다. 책 제목은 물론 사람들이 궁금해서 검색하는 단어를 꾸준히 올려보라. SNS 관련 홍보 마케팅 책을 공부해두는 것도 좋다.

전단지로 알리기

출판사와 상의해서 전단지나 리플렛을 만든다. 대중적인 장소에 붙이거나 배포한다. 자신이 낸 책과 관련 있는 박람회에 가서 사람들에게 나눠주는 방법도 있다. 예를 들면 『명랑 시인의 귀촌 특강』은 귀농귀촌, 귀어귀촌 박람회장과 이와 관련 있는 건축 박람회 같은 곳에서 전단지를 나눠주며 홍보했다. 쑥스럽다가도 받는 사람이 관심을 보이면 무척 반갑다.

대중 매체

평소 안면이 있거나 친분이 있다면 책 홍보와 인터뷰를 요청하라. 인맥을 동원해서도 알아보라. 없다면 「보도자료 작성하고 배포하기」 편을 참고해서 나서보라. 한 군데에 이어 다른 곳에서도 책 소개가 나가고 인터뷰도 늘어난다. 원고 청탁도 들어와 서서히 바빠진다.

책을 마치며

실용서를 출간하고 난 후에 책을 내는 안목이 바뀌었다. 오랫동안 '내가 좋아하는 거 너도 좋아할까' 하는 마음으로 책을 내왔다. 이렇게 해서는 독자한테 접근하는 방식이 잘못되어 외면받았다는 반성이 들자 마음이 바빠졌다. 이제는 '네가 좋아하는 거 내가 할게'로 바뀌고 더 나아가 '네가 원하는 게 뭐지? 내가 해줄게'까지 자신감이 붙었다.

책을 내면서도 시장조사를 하지 않았다는 게 어이없었다. 언젠가는 알아주겠지, 하는 막연한 생각으로는 급변하는 출판 시장에서 살아남기 힘들다는 것도 깨달았다. 창작물을 내면서 하도 고생해서 한때는 책을 내려는 마음을 접었다. 그러면서도 여러 매체에 연재해서 쌓인 원고를 보고 갈등을 일으켰다. 다시 출판사 문을 두드려 힘들게 책이 나왔지만 독자들 손에 들어가기가 쉽지 않아 번번이 좌절하고 출판사에 미안한 마음만 커졌다.

시골집을 구하며 고군분투한 경험을 담은 『1억으로 수도권에서 내 집 갖기』를 내면서 실용서 시장이 엄청나다는 걸 알았다. 개인적인 경험이 다른 이들에게 도움이 된다는 걸 깨닫고 몹시 놀랐다. 이어서 귀촌을 안내하는 『명랑 시인의 귀촌 특강』도 썼다.

〈책쓰기〉 책을 10여 권 읽으며 '책을 쓰라'는 독려의 글이 마음에와 닿지 않았다. 내가 뭘 쓰지? 뭘 쓸 수 있지? 하는 생각만 들었다. 그러니까 이런 책을 쓴 저자들이 말하는 책을 쓰라는 말은 실용서를 말하는 것인가? 하는 생각이 들면 낙담하기 일쑤다.

사실 첫 실용서가 나온 뒤에 내가 경험한 것들도 충분히 책으로 탄생한다는 확신이 들어 마음이 바빠져도, 마음 한편으로는 내가 쓰고 싶은 창작물은…… 하는 생각이 들면 좀 서글펐다.

내 경험을 책으로 쓰는 것은 그래도 창작하는 것보다 덜 힘드니까 이런 책을 먼저 써야겠다고 생각했다. 실용서로 이름이 좀 알려지면 독자들 중에 이 저자가 낸 창작물도 있더라, 하면서 관심을 기울이지 않을까, 희망을 품었다. 그런데 실용서를 찾는 독자가 시에 관심이 있을까, 하는 생각이 들면 다시 마음이 어두워졌다.

책을 내는 방법은 여러 갈래다. 기존에 경험한 것뿐만 아니라 전공을 살려서도 책을 낼 수 있다. 이미 나온 책도 기획에 따라 달라진다는 조언을 들었을 때는 가슴이 벅차올랐다. 하고 싶은 일뿐만 아니라 해야 할 일이 눈앞에 보이자 생활에 활력이 생겼다. 지금은 급한 불부터 끄자는 심정으로 실용서를 쓰고 있다.

하지만 마음속 깊은 곳에는 지금까지 낸 창작물도 새롭게 기획해서 출판할 생각과 전공을 살려 책쓰기를 할 궁리로 가득하다. 그래서 『나도 작가다』로 책을 내려고 하는 이들이 도움을 받았으면 하는 바람이다.

무엇보다 이 책이 세상에 나올 수 있게 출판을 허락한 와이즈북에 감사드린다. 또한 저자의 저작권을 존중할 뿐만 아니라 저자의 기획 의도에 어긋남이 없이 책을 만들겠다는 심순영 대표의 사려에 가슴 뭉클한 감사 인사를 드린다.

창작물이 나올 때마다 여러모로 도움을 준 이윤주 선배에게도 지면을 통해 감사드린다. 책이 나올 때마다 함께 기뻐해준 용인 사람들에게도 인사드리며, 언제나 응원하고 지금까지도 도움을 주시는 많은 분들께 감사드린다. 지나온 세월 돌이켜보면 수많은 사람들에게 도움을 받았다. 사랑으로 이끌어주신 여러 은사님들도 빼놓을 수 없다. 모두 뵙고 싶다.

끝으로 사랑하는 8명의 조카들과 다정한 짝꿍들, 애틋한 손자들도 고맙기 그지없다. 내겐 모두 친구 같은 가족이다. 생각만으로 힘이 나는 혈육이다. 특히 완호에게 애정을 보낸다.

김선환 님은 잊을 수 없다. 이 언니도 생각하면 목이 멘다. 부디 건강하고 행복하게 오래오래 사시기를 간절한 마음으로 빈다. 나는 '언니, 언니!' 하는데 남들은 '새언니'구먼, 한다. 언제나 내 편인 큰언니 유순재 님과 마찬가지로 작은언니 김선환 님은 내겐 최고의 멘토다. 예전에 시를 지으면 제일 먼저 보이고 평가를 받았다. 대학 시절 가정교사와 그룹 지도로 바쁜 나를 대신해 각종 과제물을 도맡아 해줬다. 나와 일곱 살 차이로 살아가는 데 물심양면으로 도움을 준 언니다. 이 자리를 빌려 감사 인사를 올린다.

부록 · 출판 Q & A

Q 출간 문의를 꼭 이메일로만 해야 하나요? 전화도 있고, 우편으로 보내면 안 되는지요?

A 우편으로 보내는 방법도 있겠군요. 하지만 전화 통화는 좀 곤란해 보입니다. 왜냐하면 출판사 직원들 개개인은 다 업무가 있기 때문에 출간 문의를 전화로 한다거나 직접 찾아가는 일은 삼가는 것이 좋습니다. 이런 식으로 저자들을 일일이 대한다면 자신의 업무를 할 시간이 줄어들기 때문이지요. 또 우편으로 보내면 정확히 들어갔는지 잘 알 수 없기 때문에 이메일이 여러모로 편리한 것은 사실입니다.

Q 출간 문의를 할 때 원고만 보내면 안 되는지요?

A 많은 저자들이 이렇게 생각해요. 하지만 처지를 바꿔보면 알 수 있지 않을까요? 수많은 저자들이 원고만 보낸다면 그 많은 원고를 일일이 읽고 판단 내리기까지 엄청난 시간이 필요하겠지요. 그래서 출간기획서를 일목요연하게 쓰고, 차례와 지은이 소개, 그리고 샘플 원고 2~3꼭지를 함께 보내면 출판사에서 판단하는 데 시간 절약을 할 수 있어요. 일단 출간기획서를 보고 타당하다고 여기면 대화를 통해 계약으로 이룰 수 있겠지요. 또 일부 저자들은 자신의 블로그를 소개하는데 그 많은 내용을 읽어보고 새로 보낸 원고를 판단해달라는 건 아무래도 무리예요. 출간기획서를 알차게 보낸 사람과 별다른 설명 없이 원고만 보낸 사람이 있다면 편집자는 어떤 걸 먼저 살펴볼까요?

Q 책을 한 번도 낸 적이 없는데도 제 원고에 관심을 보일까요?

A 물론입니다. 출간기획서가 탄탄하고 원고 내용도 좋다면 당연히 관심을 보이니까 미리 걱정하지 않아도 됩니다.

Q 글을 써본 적이 없는데요, 맞춤법 같은 게 서툴러서 걱정이에요.

A 걱정이 되겠군요. 하지만 원고 내용이 좋다면 맞춤법은 출판사에서 교정 교열을 하니까 그다지 문제될 건 없어요.

Q 한 번도 글을 써본 적은 없는데 책은 남기고 싶어요. 제가 책 내용을 이 야기하면 출판사에서 글을 써서 책을 내주는 방법이 있을까요?

A 네. 가능해요. 출판사에 문의하면 구술 작가, 혹은 대필 작가를 소개받을 수 있어요. 특별한 경우가 아닐 때 이 비용은 저자가 내는데, 보통 수백만 원에서 1천만 원 이상 들기도 해요. 어쨌든 이런 일도 출판사를 만나야 할 수 있는 일이니까 주변에 출판사를 연결해주는 분이 없다면 최소한 출간기획서 정도는 준비해서 출판사에 이메일로 문의해야 해요. 혹은 자비 출판을 전문으로 하는 곳에 문의해볼 수 있어요.

Q 자비 출판이 뭔지 궁금해요?

A 저자가 출판 제작 비용을 전부 부담하는 걸 말해요. 책이 나오려면 본문 교정 교열과 디자인, 종이 구입, 인쇄, 제본, 서점 배포 같은 여러 공정을 거치는데, 이때 발생하는 모든 비용을 저자가 부담하는 거예요.

Q 글을 쓸 때 특별히 주의할 점이 있나요? 그리고 책 제목이 중요하다고 하는데 좋은 제목이 떠오르지 않으면 어떡하지요?

A 저작권에 대해서는 조심해야 해요. 표절을 한다거나 저작권을 침해하는 일은 절대 삼가야 해요. 저작권은 출판사에 문의하거나 저작권에 대한

책들도 있으니까 참고하면 되겠어요. 책 제목도 물론 중요하지요. 하지만 크게 걱정하지 않아도 돼요. 저자가 마땅한 제목을 정해주면 좋겠지만 이 부분은 출판사도 매우 고심하는 것이라 출판사를 믿고 맡기면 되니까 고민할 정도는 아닙니다.

Q 원고를 다 썼는데 출판사는 어떤 곳을 선택해야 하나요?

A 원고를 다 썼다니 축하드려요. 이때는 자신의 원고가 어느 분야인지 살펴서 그에 맞는 출판사에 보내야 해요. 동화 원고를 완성했는데 경제경영서를 주로 내는 곳에 보내면 헛수고를 하는 셈이지요.

Q 처음 출판할 경우 책을 몇 권이나 찍어요? 저자 증정본은 몇 권을 주는지 궁금해요.

A 10년 전만 해도 통상 초판 부수가 3000부였는데 요즘에는 줄어들어 1500~2000부를 찍는 경향이에요. 독자가 넓은 책은 2배 이상 찍을 수도 있지요. 저자 증정본의 경우 출판사마다 달라요. 대부분 초판 10부, 2쇄 5부 정도 해요. 계약할 때 증정 부수를 협의하세요.

Q 출판사에서 책을 인쇄한 부수나 판매량을 정확히 알 수 있나요?

A 이 부분은 상당히 예민한 부분인데요, 옛날에는 인지라고 해서 저자가 도장을 찍은 종이를 판권에 붙여 정확한 제작 부수를 알 수 있었어요. 하지만 요즘은 생략하는 게 대부분이라 궁금하겠군요. 저자와 출판사는 파트너 관계이기 때문에 신의를 바탕에 두고 계약을 하는 거니까 믿고 해야 해요. 이런 점은 아직 투명한 시스템이 없어요. 간혹 이런 부분도 저자에게 오픈해서 볼 수 있도록 하는 출판사도 보았는데, 흔치 않아요. 적어도 1년마다 회계 처리를 하고, 저자에게 통보해주니까 염려할 사항은 아니에요. 그래도 궁금하다면 출판사에 직접 묻거나 미덥지 못하면 판매량

을 공개하라는 내용증명을 보내 소송을 통하는 방법이 있는데요, 굳이 이렇게까지 해야 한다면 이미 신뢰가 깨진 거라고 봐야겠죠.

Q 출판사에 원고를 보내면 원고만 빼앗기고 마는 경우가 있을까봐 걱정입니다.

A 간혹 이와 유사한 기사를 보면 움츠러들고 걱정되겠지요. 옛날에는 이런 일이 더러 있었다고 하니까 걱정도 되고요. 그래서 계약하기 전까지 전체 원고를 보내는 일은 무척 마음 쓰이겠지요. 출판사는 전체 원고를 보기 전에 계약하기도 쉽지 않을 테니 진퇴양난이 따로 없어요. 하지만 이메일을 보낸 날짜와 시간이 남아 있으니까 염려할 일이 줄어들었어요. 구더기 무서워 장 못 담그지 말고 시도해보세요.

Q 계약금은 얼마나 주나요? 또 언제 주는지도 궁금해요.

A 계약금은 출판사마다 다 달라요. 30만 원을 주는 곳부터 100만 원, 그 이상인 경우도 있어요. 저자의 역량으로 달라지기도 하고요. 출판사마다 정해둔 금액이 있으니까 계약할 때 협의해볼 수 있는 부분이에요. 지급 시기도 마찬가지로 출판사마다 달라서 일주일 이내부터 한 달, 심지어는 두 달 안에 준다고 하는 곳도 있어요. 물론 저자의 사정을 헤아려 선인세를 주는 고마운 출판사도 있으니까 협의를 해보세요.

Q 인세가 뭔가요?

A 쉽게 말해서 원고가 책으로 나오면 한 권당 얼마를 저자한테 준다는 말이에요. 예를 들어 정가 15000원인 책을 10% 인세로 정했으면 권당 1500원을 저자가 받는다는 말이지요.

Q 책을 내면 수입은 얼마나 생기는지요? 전업작가를 하고 싶어요.

A 저도 무척 궁금한 내용이에요. 작가로서 글을 발표하고 책을 내면서 먹고살 수 있다면 더할 나위 없이 좋겠지요. 하지만 일부 작가를 제외하고 글만 써서 생활할 수 있는 작가는 많지 않아요. 그래도 희망을 버리지 마세요. 글을 쓴다는 것은 고통도 따르지만 그만큼 보람 있는 일이에요. 책을 내면 강사로 일할 수도 있고, 신문이나 잡지, 사보 같은 여러 매체에 글을 연재하고 강사료나 원고료를 받을 수 있는 기회가 생기기도 하고요.

Q 자비로 출판한 경우에는 인세를 안 주는지요? 한 번도 팔린 것에 대해 돈을 받은 적이 없어요. 한 권이라도 팔렸다면 인세를 줘야 하는 건 아닌지요? 팔리지 않았으면 안 팔렸다고 알려주지도 않아서 답답해요.

A 자비 출판을 하셨군요. 계약 조건을 어떻게 했는가에 달렸어요. 출판사마다 보통 1년에 한 번은 정산을 하는데 그 내용을 알려주지 않아서 답답하겠군요. 자비 출판뿐만 아니라 기획출판의 경우도 감감무소식이면 참 난감하지요. 이럴 때는 전화로 문의해보세요. 출판사에서도 팔리지 않아서 민망해 연락하지 않는 경우도 있을 테니까요.

Q 계약할 때는 뭘 주의해야 하는지요? 도장만 가지고 가면 되나요?

A 출판 계약은 계약 조건을 잘 살펴야 하는데요, 이 부분이 무척 어려워요. 계약하기 전에 계약서를 미리 받아보고 궁금하거나 모르는 점은 출판사에 물어보고 진행하면 돼요. 또 대한출판문화협회(www.kpa21.or.kr)에서 제공하는 '표준출판권 설정계약서'를 참고하거나 한국문예학술저작권협회(www.copyrightkorea.or.kr)에서도 확인할 수 있어요. 도장 대신 사인으로도 계약하니까 이 점은 염려하지 않아도 돼요.

Q 출판사에 원고를 보내고 나면 얼마나 지나서 연락이 오는지요?

A 연락이 오는 경우는 출판사마다 다 달라요. 저자는 이 부분이 피를 말리는 기간인데요, 그래도 기다릴 수밖에 없지요. 제 경우를 보자면 이메일을 보낸 다음 날부터 전화와 이메일 답장을 받았어요. 검토한다는 답장을 받은 뒤 2~3개월이 걸리기도 하고, 심지어는 4개월이 걸려서 답장이 온 일도 있어요. 보통 2주일 정도 기다려서 답장이 오지 않으면 탈락했다고 짐작해요. 큰 출판사는 대개 검토기간이 2개월 정도 걸리고, 작은 출판사는 아무래도 빠르더군요. 또 분야가 다른 출판사에 보내면 아예 답장이 오지 않는 일도 흔하니까 분야를 잘 선택해서 보내야 해요.

Q 계약한 후에 책은 언제 나오나요?

A 이 내용은 계약할 때 협의를 해두어야 해요. 출판사마다 일정이 있으니까요. 그리고 계약한 후가 아니라 완성한 원고를 언제 출판사에 보내느냐에 달렸어요. 완전한 원고를 보내면 대개 2~3개월 정도 걸리더군요. 보충할 부분이 있다고 출판사에서 판단해 그 부분까지 완성한다면 기간이 더 늘어나겠지요. 어떤 원고는 1년이 걸리기도 하고요. 또 출판 시기가 중요해서 그 시기에 맞춰 낼 때도 있어요. 출간 일정에 대해 세세하게 알려주는 출판사도 있고, 그렇지 않은 경우도 있으니까 이때는 출판사에 문의해보세요.

Q 계약하고 원고도 보냈는데 책도 안 나오고, 보내준다던 돈도 안 줘요. 어떡하지요?

A 정말 답답하시겠어요. 이런 일도 드물지만 생기는 일이니까 계약할 때 꼼꼼히 살펴야 해요. 전화를 하거나 직접 만나서 사정 이야기를 들어봐야 알겠지요. 애태우지 말고 물어보고 결정하도록 해요.

Q 출판사가 어렵다면서 내가 낸 책을 사달라고 하는데 어떡해요?

A 이것 참 민망하겠군요. 하지만 책이 팔리지 않아서 출판사도 어렵다면 모른 척할 수만은 없겠지요. 자신의 처지에 맞춰 어느 정도 구매해주면 좋겠다고 생각해요. 자신의 책을 내준 출판사라면 파트너니까 저자가 나서서 판매를 도울 수 있는 방법을 찾아보는 것도 필요해요.

Q 출판기념회를 꼭 해야 하나요?

A 꼭 해야 하는 건 아니에요. 하지만 출판기념회를 통해 책을 알리는 홍보 수단으로 필요한 부분이에요. 지인들과도 기쁨을 나눌 수 있는 자리가 되기도 하고 저자의 역량에 따라 일정 부분 판매도 일어나니까 책 판매에 도움이 되기도 하고요.

나도 작가다

초판 1쇄 인쇄.   2016년 11월 20일
초판 1쇄 발행.   2016년 11월 25일
지은이.   남이영
펴낸곳.   와이즈북
펴낸이.   심순영
등록.   2003년 11월 7일(제313-2003-383호)
주소.   03968 서울시 마포구 성미산로5길 8, 102호(성산동, 삼화주택)
전화.   02) 3143- 4834
팩스.   02) 3143- 4830
이메일.   cllio@hanmail.net

© 남이영, 2016
ISBN 979-11-86993-01-9   13800

* 이 도서의 국립중앙도서관 출판예정도서목록(CIP)은 서지정보유통지원시스템 홈페이지
(http://seoji.nl.go.kr)와 국가자료공동목록시스템(http://www.nl.go.kr/kolisnet)에서
이용하실 수 있습니다.(CIP제어번호: CIP2016023576)